DREAMBOOKS

DREAMBOOKS★

DREAMBOOKS★

정준 현대판타지 장편소설

MODERN FANTASY STORY & ADVENTURE

기적의 앱스토어

8

dream books
드림북스

기적의 앱스토어 8

초판 1쇄 인쇄 2015년 12월 11일
초판 1쇄 발행 2015년 12월 18일

지은이 정준
발행인 오영배
책임편집 편집부

펴낸 곳 (주)삼양출판사 · 드림북스
주소 서울시 강북구 도봉로 173
대표 전화 02-980-2112 **팩스** 02-983-0660
출판등록 1999년 3월 11일 제9-00046호

ISBN 979-11-313-0500-3 (04810) / 979-11-313-0236-1 (세트)

+ 이 도서의 국립중앙도서관 출판시도서목록(CIP)은 서지정보유통지원시스템홈페이지(http://seoji.nl.go.kr)와 국가자료공동목록시스템(http://www.nl.go.kr/kolisnet)에서 이용하실 수 있습니다. (CIP제어번호: 2015033883)

정준 현대판타지 장편소설

MODERN FANTASY STORY & ADVENTURE

기적의 앱스토어

8

dream books
드림북스

기적의 앱스토어

목차

제1장
과거의 적과 손을 잡다

“형법, 제347조 사기와 제350조 공갈.”

반투명한 벽 너머로 보이는 재수 없는 얼굴을 보면서 지우는 손에 쥔 서류를 천천히 읽어 내렸다.

“범죄행위로 인하여 취득하거나 제3자로 하여금 취득하게 한 재물 또는 재산상 이익의 가액이 50억 원 이상일 때는 무기징역 또는 5년 이상의 징역.”

백고천은 여전히 싱글벙글 웃는 얼굴을 유지했다.

“아무리 초범이지만 죄질이 나빠서 좀 더 교도소에 있을 줄 알았는데……. 하, 고작 10년형밖에 되지 않다니.”

"이런, 뭔가 오해하시는 모양이네요. 전 어디의 사이비들처럼 여자 신도를 성폭행하지도 않았고, 그렇다고 살인죄로 기소된 것도 아닌걸요. 대한민국은 그렇게까지 무자비하지 않답니다."

백고천이 검지를 들어 좌우로 흔들었다. 수갑이 그 움직임에 알맞게 철그럭, 하고 쇳소리를 냈다.

"셀 수도 없을 만큼 수많은 사람들의, 아니 가정을 나락으로 떨어뜨린 놈이 할 말은 아니다. 0712번."

"이래 봬도 전 제 죄를 인정하고 받아들였답니다. 1심에서도 항소를 하지 않았는걸요."

백고천이 한쪽 눈을 가늘게 뜨며 웃었다.

"만약 당신만 아니었다면 대법원의 판사와 검사를 통해서 무죄는 아니어도, 그에 준하는 형량으로 줄이는 것도 가능했을 겁니다."

"하, 검찰에도 신도가 있었나?"

"당연하죠. 백왕교에 몇 년을 투자했는데요. 정치인도 상당히 포섭했는데, 검찰이라고 포섭 못 할 것 같습니까?"

"너 이 새끼, 교도소에도 전도하고 다닌 거 아니야?"

지우의 물음에 백고천이 가볍게 손뼉을 치며 즐거워했다.

"정답입니다. 참고로 교도소장도 그렇고, 절 취재하러

온 언론의 몇몇 기자들도 신도로 포섭했답니다."

기가 막혔다.

백고천을 일찍 만난 것이 천만다행이었다.

만약 그를 미리 처리해 두지 않았더라면, 사회적으로 권력을 손에 넣어 중국 한나라의 십상시 이상으로 어둠 속에서 국가권력을 움직이는 존재로 부상해, 어쩌면 강태구 이상으로 성가신 적이 됐을지도 모른다.

"당신 소식도 제법 많이 들었어요. 이름 모를 친구에게 속아서 사이비 종교에 끌려온 학생이 어느덧 대기업의 이사가 되다니……. 뭐, 앱스토어가 있다면 그다지 어려운 일은 아니죠."

백고천은 교도소에 수감된 이후로 황제에 버금가는 대우를 받고 살았다.

물론 교도소장을 신도로 만들기 전까진 교도관의 눈치를 보긴 했지만, 이후 시간이 지나 신문이나 먹을 것을 마음대로 받아먹을 수도 있었다.

그 외에도 변호사 접견권을 이용해 개인 휴게실로 쓰기도 하고, 감시 카메라 때문에 대놓고 텔레비전을 시청하는 편의를 받는 건 좀 힘들었지만 바깥세상 이야기를 들으며 교도소에서 시간을 보냈다.

덕분에 바깥세상에 대한 소식도 나름대로 잘 알 수 있었고, 당연히 그 중심에는 정지우가 있었다.

"나에 대해서 그렇게 궁금했어? 미안하지만 난 이성애자라서 말이야."

"하하, 착각도 그 정도면 수준급이시네요. 제가 여기에서 나갈 수 없는 건 당신 때문이니 혹시라도 당신이 불의의 사고로 죽지 않을까 하고 매번 체크해야 했거든요."

굳이 신도들을 이용하지 않아도, 마음만 먹으면 앱스토어의 상품을 이용해서 탈옥뿐만 아니라 사회에서도 정상적인 생활을 할 수 있다.

백고천도 이런 곳에서 인생을 낭비하고 싶지 않았다.

하지만, 과거 지우가 감옥에서 나온다면 그때는 결코 용서하지 않겠다며 협박했기에 나가고 싶은 마음이 굴뚝같아도 나갈 수 없었다.

죽고 싶지는 않았으니까.

"그런데, 그쪽 여성분은 자세히 보니 당신과 얼마 전에 스캔들 나신 분이 아니신가요? 이름이 엘레나였던가?"

백고천은 초코파이를 입에 물고 뒤쪽에 서 있는 알렉산드라를 보고 흥미를 보였다.

"함부로 지껄이지 않는 게 좋을 거야. 네가 조금이라도 허튼짓을 하거나, 혹은 그녀의 기분을 상하게 만들면 평생 동안 뇌가 곤죽이 될 테니까. 교도관들을 저렇게 만든 것도 그녀의 힘이다."

"역시나 했지만, 외국에도 고객이 있었군요."

백고천은 과거 종교를 만들면 또 다른 고객이 찾아올 것을 예상했던 것처럼, 외국 고객의 존재유무에 대해서도 대충이나마 짐작하고 있었다.

아니, 솔직히 백고천이 아니라도 앱스토어의 고객이라면 누구나 한 번쯤은 생각할 만한 예측이다.

"그래. 널 찾아온 것도 외국에 있는 고객들 때문이야."

"어차피 한가하니까 말씀해 주세요."

원래 수형자와 면회객이 주고받은 대화는 의무적으로 녹취되지만, 미리 손을 써둔 덕분에 마음껏 얘기할 수 있었다.

지우는 기존에 있었던 한국 고객 동맹부터 시작해서, 얼마 전 멕시코에서 있었던 일을 대략적으로 설명해 줬다.

"포션도 엘릭서도 통하지 않는 독지에 몸을 던졌다니, 미치셨군요."

"말했다시피 나도 무작정 뛰어든 건 아니야. 나름대로 독에 대한 내성을 길러 주는 약이나 고속재생능력 등으로 철저한 준비도 했고, 믿는 구석이 있어서 그랬지."

내성약이나 고속재생능력도 김효준과의 싸움에서 일렉트로 때처럼 트랜센더스로 일정한 영역을 초월할 수 있었다. 그래서 죽지는 않을 것이라 판단하고 들어갔다.

"하지만 그럼에도 불구하고 중독되신 것 아닙니까?"

"그래."

지우는 장갑을 착용한 오른손을 내밀었다.

백고천의 시선이 손으로 향하자, 지우는 머뭇거리면서 인상을 일그러뜨렸다.

"아, 진짜 내가 이 대사를 해야 하나……."

"……?"

"알렉산드라, 교도관들이랑 나가 있어."

"그러지."

알렉산드라는 조금 아쉬워하는 얼굴로 교도관들 모두에게 명령을 내린 뒤 면회실에서 나갔다.

이에 지우는 문이 꽉 닫혔는지 대충이나마 확인한 뒤, 정말 싫다는 얼굴로 외쳤다.

"크, 크큭! 봉인된 오른손이여, 힘을 개방하노라!"

지우는 평생 이불에 발차기할 정도로의 부끄러운 대사를 내뱉으면서 장갑을 조심스레 벗겼다.

"이런."

하지만 우스꽝스러운 대사와 달리 장갑을 벗자마자 면회실 내부가 순식간에 숨이 턱 막힐 정도로의 독기로 가득 찼다.

"정말 야비하신 분이시군요."

백발이 순식간에 거무튀튀한 녹색의 빛으로 물들려고 하자 백고천은 짜증이 가득한 기색으로 양손을 펼쳤다.

그러자 눈부실 정도로 새하얀 빛이 뿜어져 나오며 면회실 전체를 감싸 안으며 독기를 정화했다.

"하하, 내 그럴 줄 알았다. 역시 네가 가진 힘은 평범하지 않았군그래?"

고속재생능력으로도 치유가 불가능했던 썩어 문드러진 손이 원래대로 돌아온 걸 확인한 지우가 씩 웃었다.

"이 지긋지긋한 '봉인된 오른손 장갑'을 드디어 풀 수 있다니…… 그런데 정말 너무한 네이밍 센스란 말이지."

요한이 남긴 독은 어찌어찌하여 버틸 수 있었지만, 마지막에 호아킨의 얼굴을 손으로 붙잡은 것이 화근이 됐다.

신의 오염물이라 불린 가말리엘에 영향이 손톱만큼 남아서 덕분에 오른손의 살이 모두 썩고, 피까지 뽑혀나갔다.

또한 독기가 오른손에 그대로 남아서 빠져나갈 생각이

없었으며, 파나세아로 제작해 두었던 포션과 엘릭서를 복용했지만 소용없었다.

"무려 엘릭서를 복용했는데도 치료되지 않는 독이라니, 솔직히 식겁했는데…… 네가 생각났어. 전투 능력은 전무하긴 했지만, 엘릭서까지 제조할 수 있는 파나세아까지 구입한 네가 단순히 힐링만 가지고 있을 리는 없잖아?"

힐링이라도 구입할까 싶었지만, 정작 확인해 보니 단순한 치유 능력 정도밖에 없었다.

물론 그것만 해도 웬만한 외상이나 내상도 포션급으로 치유할 수 있긴 하니 대단하지 않는다는 건 아니다.

그래서 어떻게 할까 싶었는데, 혹시 하는 마음으로 백고천을 찾아와서 시험을 해 봤다.

누구보다 삶에 대한 미련이 남은 백고천이라면 죽고 싶지 않은 이상 자신의 독기를 치유해 줄 것이라 믿었다.

"와, 그런데 혹시 했지만 정말로 이걸 치유할 줄은 몰랐어. 대체 어떤 능력을 가지고 있는 거냐?"

아직도 믿기지 않는 듯, 지우는 오른손을 이리저리 살펴보며 물었다.

"신성술법입니다."

"신성술법?"

“주로 신앙심을 이용하여, 신에 대하여 빌거나 혹은 그에 준하는 마음이나 의식으로 기적을 행할 수 있는 힘이지요.”

“신앙심? 네가?”

그 누구보다 더 신을 증오했던 백고천이다.

그런 자가 신앙심이 두텁다니, 말도 안 돼는 소리다.

“여기서 말하는 신앙심이란 게 꼭 옳고 깨끗한 마음만 칭하는 건 아닙니다. 단순하게 신의 존재를 믿고, 그 존재를 인정하는 마음으로도 쓸 수 있지요. 저뿐만 아니라, 당신도 아마 쓸 수 있을 겁니다. 우리 고객들만큼 신에 대한 존재를 믿는 사람은 없을 테니까요.”

비록 확증은 없으나, 과거에 백고천은 기적의 앱스토어를 창조한 사람이 신일 것이라고 확신했다.

그건 지우 역시 마찬가지다. 아니, 신이 아니더라도 그에 준하는 존재일 것은 분명했다. 그렇지 않으면 불가능하다.

“하긴, 그런 거라면 가능하겠네. 아니, 그 어떤 고객도 너보다 더 신성술법에 어울리지 않는 사람을 없을 거야.”

신의 존재를 직접적으로 느끼고, 기적이란 힘을 사용하는 수준으로 끝나는 게 아니다.

일평생 동안 부모님에 의하여 종교적인 이념을 배워왔

고, 또 한때 신학대학으로 진로를 잡았으나 최후에는 그 누구보다 더 신의 존재를 인정하고 증오하게 된 백고천이라면 강력한 힘을 발현할 수 있다.

신을 증오하는 자가 그 어떤 신도보다 신에 대해 이해하고, 확신하며, 강력한 힘을 쓸 수 있다니.

아이러니한 일이다.

"그나저나 이제 저를 어떻게 하실 생각입니까?"

"어떻게 할 것 같아?"

"단순히 치료 목적이라면 당신에게 있었던 일을 그렇게 설명해 줄 리는 없겠죠. 제가 필요한 것 아닙니까?"

백고천이 입가에 진한 미소를 그려냈다.

"맞아. 나에게는 네가 필요해."

백고천의 전략적 가치는 앞으로 있을 싸움에서 필요했다. 전투 능력이야 돈으로 구입하면 그만이고, 그가 지닌 신성술법은 요한의 독 외에도 여러모로 큰 도움이 될 것이다.

"제가 거절하면 어쩌실 겁니까?"

피식

바람 빠지는 소리를 내며 지우가 웃었다.

"이봐, 백고천. 널 죽이지 못했던 건 그때의 내가 어수룩

했기 때문이야. 보다시피 이제 어떤 죄의식도 없이 널 죽여버릴 수 있어."

지우의 눈동자가 섬뜩하게 빛났다.

"안 본 사이에 꽤나 살벌해졌네요."

백고천은 목숨을 위협받고 있음에도 재미있다는 듯이 키득였다.

"네가 우리를 돕겠다고 약속한다면 감옥에서 자유롭게 해 주고, 나도 널 더 이상 투옥하지 않겠다고 약속하지."

"절 이렇게 필요로 해 주시는 건 굉장히 고마울 따름입니다만…… 대체 뭘 믿고 그러시는 건가요?"

"미안하지만 나는 뒷문 너머에 있는 알렉산드라조차 완벽하게 믿지 않는 사람이야. 필요로 의해서 손을 잡고 있을 뿐이지. 게다가 서로 믿지 못하는 건 마찬가지잖아?"

막말로 언컨쿼러블과 디스페어만 멸망하면 약속을 어기고 백고천을 다시 감옥으로 넣을 수 있었다.

"여러모로 속는 느낌이지만, 어차피 저에겐 선택권이 없군요. 좋아요, 당신의 놀음에 어울려드리죠."

백고천이 유쾌하게 수갑이 채워진 양손을 건넸다.

"잘 부탁한다고, 전(前) 사이비 교주."

새로운 동맹을 체결한 지우는 만족스럽게 웃으면서 마치

악수라도 하듯이 손을 건네려했다.

허나, 백고천은 갑작스레 내민 양손을 거두며 왼손으로 자신의 오른팔을 붙잡으면서 괴로운 표정을 지었다.

"크, 크윽! 보, 봉인된 오른손이……!"

"죽인다."

*　　*　　*

이름: 도플갱어(Doppelganger)

분류: 악마

성별: 불명

직업: 서비스업, 심부름 대행

희망 시급: 0원

업무 시간: 고용주와 상의

– 또 하나의 자신입니다. 게임 말고요.

– 고객님이 생각하시는 그 도플갱어가 맞습니다.

– 일단 악마에 분류되나, 그 종족은 불분명합니다.

– 고용주를 복제할 수 있습니다.

– 기적의 앱스토어에서 구입한 상품은 복제되지 않습니다. 성격, 신체능력 정도입니다. 초능력, 마법, 무공 등 형태가

없는 이능력 역시 복제할 수 없습니다.

– 고용주를 위하여 헌신을 다할 것입니다. 그러나 지적 능력이 떨어져 자유로운 사고가 불가능합니다. 이점에 대해 유의해 주시고 가능한 구체적인 명령을 내려주세요.

– 편의점 심부름을 시킬 때, 숙제나 과제가 필요하실 때, 또 대신해서 아르바이트 대타로 내보낼 수 있습니다.

– 전승처럼 자기 자신을 마주쳐도 죽지 않습니다.

– 과거 도플갱어는 복제한 사람의 인생과 더불어 목숨까지 빼앗았지만, 지금은 그럴 수 없게 됐습니다. 솔직히 그러면 아무도 고용 안할 거잖아요.

– 대신, 도플갱어는 고객님의 '사회적 지위'를 가져갑니다. 고객님께서 전과자가 아닌 한 솔직히 도플갱어를 고용하는 걸 권장하지는 않습니다.

원래 로우 등급 때는 천사와 악마. 그리고 수인까지 합해서 고용하는 데 제한이 있었다. 그렇지만 등급이 오르면서 이 세 개의 제한이 모두 풀렸다.

하지만 수인을 제외하고 천사와 악마는 등급 제한이 풀렸는데도 고용할 수가 없었다.

천사의 경우에는 돈으로만 무작정 소환할 수 없었다. 고용신청을 하면 천사가 고용주의 인성 등을 훑어본 다음에 마음에 들면 승낙하고 그러지 않는다면 소환에 거절한다.

악마는 대부분 도플갱어처럼 시급이 현저히 낮거나, 아예 없었다. 심지어 추가적으로 돈을 주는 악마도 있었다.

그렇지만 악마는 악마. 대부분 그들에게 딸린 특이사항을 보면 고용하기엔 거북한 놈들밖에 없었다.

솔직히 도플갱어는 악마 중에서도 굉장히 좋은 편이었고, 어떤 악마는 처녀나 갓난아이를 제물로 요구하기도 했다.

“이런 걸 잘도 알고 계셨네요.”

흉터까지 재현한 또 다른 자신을 살펴보면서 하얀색 와이셔츠로 갈아입은 백고천이 신기한 듯 감탄했다.

“앱스토어의 상품이나 이차원고용 목록은 변수가 너무 많아. 심하면 하루에도 수십 번씩 바뀌기 마련이지. 나중에 기억해 놨다가 검색하면 목록에 없어도 나오더라고. 물론 그것조차 없을 때도 있지만.”

보너스로 앱스토어에 관한 팁을 가르쳐 주며 지우가 피식 웃었다.

예전에 아이 쇼핑을 하다가 도플갱어를 우연찮게 발견했지만, 고용할 연유가 없어서 머릿속에서 잊고 있었다.

전과자라면 그 기록조차 잊게 해 줄 수 있지만, 문제는 그 외에도의 사회적인 지위도 삭제되니 일종의 양날의 검이었다.

예를 들어 양로원이나, 기부한 것 외에도 대기업 이사로서의 삶도 잃게 되니, 설사 범죄자가 되도 도플갱어는 쓸 수 없다.

"절 위해서 준비한 것 같군요."

그에 반면 백고천에게 도플갱어는 그야말로 최적이었다.

과거, 백왕교 사건은 대한민국의 사회, 종교, 정치 등에서 논란이 일어났고 아직까지도 간간이 기사가 올라오고 있다.

그때 엮였던 정치인이 상당했었고, 요즘 같은 시대에 사이비 종교가 멀쩡하게 활동하고 있다는 것은 충격이었다.

또한 종교계에서는 백왕교 때문에 나쁜 인식이 생겨 그로 인해 신도의 발걸음이 줄어 많은 스트레스를 자아냈다.

원래 사람이란 건 좋은 쪽보다, 나쁜 쪽으로 유명해지는 게 더 기억에 남기 마련.

설사 기적의 힘을 사용해서 감옥에서 빠져나온다고 해도, 앞으로 있을 사회생활이 문제였다.

이미 백고천은 너무 많은 사람들의 머릿속에 인식됐다.

만약 그와 함께 다니는 것이 발견되면, 지우의 입장도 매우 곤란하다.

그래서 단순히 감옥을 나오는 것이 아니라, 도플갱어 같은 방법을 이용하여 사람들에게 잊혀지는 방법을 택했다.

"생각해 보면 이차원의 녀석들도 정말 이상하단 말이지. 현대 지구에 이렇게까지 맞춰 주고 말이야."

"앞으로 전도를 할 수 없다는 게 무척 아쉽군요."

"당연하지. 난 사이비 교주와 다녀서 나도 백왕인가 뭐시기 하는 신도로 취급받고 싶지 않으니까."

"에휴."

"네가 지금까지 쌓아 온 인맥이 아깝긴 하겠지만 포기하는 게 좋아. 설사 검찰이나 정치계의 힘을 빌려 어찌어찌 나와도 얼굴을 들고 다닐 수는 없잖아."

기본적으로 백고천은 선한 인상에 잘생긴 얼굴이다.

"네 강한 개성을 탓하라고, 신입."

또한 노인도 아닌데 백발을 하고 있는 건, 설사 탈색했다고 쳐도 너무 눈에 띄는 색이다.

"그나저나 네가 지닌 힘에 대해서 좀 자세히 말해 봐. 앞으로 있을 싸움에 팀원의 전력을 파악하고 있어야 하니까."

"예전에는 포션 정도밖에 되지 않았지만, 감옥에서 힘을 길러 엘릭서 정도는 충분히 됩니다. 그 외에도 독을 치유했던 정화 능력이나, 그 외에도 일시적으로 신체능력, 정신적 능력 등을 상승시켜주는 버프도 가지고 있어요."

"그리고?"

"이런, 제 밑천을 모두 털 생각인가요."

백고천이 못 당하겠다는 얼굴로 어깨를 으쓱였다.

"좋아요. 몸에 무리가 가서 오래는 쓸 수 없지만, 천사의 힘을 강림시켜서 쓸 수 있어요. 제법 강해요."

"장난하지 말고, 그 외에도 있을 거 아니야. 초능력이건 마법이건 무공 같은 거."

백고천이 돈이 없었던 것도 아니고, 신성술법을 감옥 안에서 강화했다고 했으니 분명 다른 능력도 가지고 있을 것이다.

"하하. 무엇인가 오해를 하고 계시는 모양이군요."

"……?"

"이봐요, 제가 정말로 그런 힘이 있었더라면 진작 감옥에서 나와 당신에게 복수를 했을 거예요."

과거의 백고천은 사이비 종교나, 또는 정계나 검찰 등에 뇌물이나 인맥 등을 위해서 상당히 많은 돈을 썼다.

그리고 보다 탄탄하고 완벽한 백왕교를 위해서, 전투 능력을 포기하고 파나세아 등의 도구에 돈을 투자했다.

그래서 그 당시에 지우가 예측했던 것처럼, 전투적인 측면으론 상당히 약해서 그때의 지우에게조차 이길 수 없었다.

"스마트폰이라는 매개체만 있으면 상품을 추가적으로 구입할 수 있으니, 신도로 포섭했던 교도소장에게서 빌려서 이용해서 말이죠."

하지만 만약을 대비하여 신도의 이름으로 미리 빼돌린 재산도 있었고, 또 충성심이 높은 백의신도를 통해 수감된 이후로도 전성기 때보다 많지는 않지만 적지 않은 돈을 받고 있었다.

감옥을 좋아하는 사람은 없다. 백고천조차도 수감 생활을 하면서 답답함을 느꼈고, 몇 번이나 탈옥할 생각을 했다.

그러나 백고천에겐 치명적인 약점이 하나 있었다.

"제가 정말로 당신에게 패배한 이후로 트라우마라도 걸려서 감옥에 나가지 못한 걸까요? 답은 '아니요' 입니다."

그 약점이 백고천의 발목을 붙잡았다.

"안타깝게도 신성술법에는 치명적인 단점이 존재하거든

요. 이 술법을 배우게 되면 체내에 신성력이라는 에너지가 생성되는데, 이 에너지가 마력이나 기(氣) 등의 다른 성질을 받아들이지 못해요. 다른 걸 배우기 위해선 지금까지 쌓아 두었던 신성술법과 신성력을 모두 포기해야 하거든요."

백고천은 쯧, 하고 혀를 찼다.

"그리고 당신도 제가 감옥에서 성장한 만큼 강해졌을 테고, 천사의 힘을 쓸 수 있어도 당신을 이길 수 있을지 확신을 할 수가 없었어요. 이런 복합적인 연유로 당신이 마음에 걸려 감옥에 있을 수밖에 없었답니다."

"아니, 그럼 신성술법을 포기하면 되잖아. 물론 조금 아깝긴 하지만 , 돈도 있고 스마트폰도 빌려서 쓸 수 있으니 다른 능력을 손에 넣을 수 있을 텐데."

백고천의 말을 들어도 도저히 이해가 가지 않았다.

예전에 그가 과거의 이야기를 들려주며 목숨을 구걸하던 것이 떠올랐다. 그만큼 백고천은 목숨을 소중히 여겼다.

수많은 사람들을 나락으로 떨어뜨렸을 정도로 독한 인간일 텐데, 아무리 신성술법이 아깝다곤 해도 돈도 있는데 그걸 끝까지 포기하지 않는 이유를 이해할 수 없었다.

"싫습니다."

백고천이 실눈을 떴다. 잘 벼린 칼처럼 날카로운 눈매다.

"왜?"

"제 기억으론 당신은 남의 개인사에 그렇게까지 신경 쓰지 않던 걸로 기억하는데요. 그리고…… 툭 까놓고 저희가 그런 대화를 할 정도로 친한 사이는 아니잖아요?"

"그래, 네 말대로야."

백고천이 왜 그러는지는 알 수 없다.

어쩌면 예전에 '신의 힘으로 세상을 바꾸겠다.'라고 말했던 것과 연관되어 있을지 모른다.

그렇게 생각하면 이해가 안 가는 것도 아니다.

그것이 백고천이 갈망하던 자유보다 더 중요했을지도 모르니까. 정확히는 모르지만 그럴 수도 있다고 생각했다.

하지만, 더 이상 파고들어 묻고 싶지는 않았다.

이름도 없는 이 다국적 동맹은 언컨쿼러블처럼 정의를 위해서도 아니고, 디스페어처럼 악을 위해서도 아니다.

오직 각자의 이득을 위해서

"좋아. 그럼 넌 당분간은 좀 숨어 다니도록 해. 도플갱어가 네 사회적 신분을 집어삼키려면 시간이 남잖아."

나름대로 만족한 지우가 자리에서 일어났다.

"나머지 동맹원들은 아까 말한 대로야. 인사는 다음 회의로 미루도록 할게. 몇 가지 처리할 일이 있거든."

"알겠습니다. 그런데…… 당신, 괜찮은 건가요?"

"뭐가?"

"호아킨의 기억을 말하는 겁니다."

요한이 마무리를 하고 자리를 떠났을 때, 지우는 온갖 상품으로 무장하여 호아킨의 최후를 지켜봤다.

아니, 단순히 지켜본 것은 아니었다. 호아킨이 의문을 표하기도 전에 정보를 얻기 위해서 한 가지 수단을 택했다.

당시 호아킨은 생명이 얼마 남지 않았고, 또 살리려고 해도 포션과 엘릭서가 통하지 않으니 불가능했다.

그렇다고 독이 가득한 그 지역에서 오래 있을 수도 없었으니, 극단적인 방법을 쓸 수밖에 없었다.

기억의 추출이다.

"한두 살도 아니고, 무려 57년의 인생입니다."

"걱정 마, 나도 무식하게 그걸 모두 흡수한 게 아니야. 두 조직에 관한 것과 디스페어 시절의 일부분만 빼냈으니까, 문제없어."

손을 털어 내며 걱정 말라는 듯이 제스처를 취한 지우는 몸을 돌려 발걸음을 옮겼다.

백고천은 그의 뒷모습을 물끄러미 쳐다보면서 미간을 찡그렸다.

'문제가 없다고요?'

확실히 인생 전체의 기억을 추출하지 않은 건 다행이다.

만약 그렇다면 한 사람의 몸에 두 사람의 인생이 들어가, 정지우라는 정체성이 애매해졌을 것이다.

그러나

'당신이 빼앗은 기억의 정체는 셀 수 없을 정도로 많은 사람의 심장을 먹은 악마입니다. 그런 사람이 악의 조직에서 활동했던 기억을 먹었고요. 그런데, 괜찮다고요?'

정상적인 인간이라면 이미 미치고도 남을 상황이다.

비록 직접적이진 않지만, 그래도 간접적으로 학살을 한 것과 마찬가지. 그런데도 멀쩡하다면 그게 더 이상하다.

'도대체 어떻게 되먹은 정신력입니까?'

제2장

호아킨의 유산

호아킨에게 얻은 정보는 크게 세 가지로 나뉜다. 그중 첫 번째와 두 번째는 언컨쿼러블과 디스페어다.

그리고 세 번째는 그 두 조직과 전혀 관여되지 않았지만, 지우에게 있어서 결코 놓쳐선 안 될 정보이기도 했다.

호아킨이 생전에 지니고 있던 자산이다.

"호아킨같이 범죄자들은 자고로 돈을 안전한 곳에 숨겨 놓기 마련이지. 내가 미쳤다고 그걸 빼먹을까 봐?"

멕시코 내에서도 호아킨은 열 손가락 안에 들 정도로 엄청난 부자다. 은신처로 사용한 별장만 해도 수십 개에 이르니, 그의 자산의 규모가 얼마나 대단한지 알 수 있다.

"내가 혼자 얻은 정보이니 동맹원들과 나눌 필요는 없겠지?"

독지에 홀로 몸을 날린 것도 자신, 또 기억을 추출한 것도 자신이다. 이걸 사이좋게 나눌 생각은 결코 없었다.

머릿속에 떠오르는 기억을 더듬더듬 찾아가며, 호아킨이 숨겨 둔 속칭 '검은 돈'의 출처를 추적하기 시작했다.

"……어라, 의외네. 스위스 은행에 돈이 없어?"

세상에는 떳떳이 밝힐 수 없는 '검은 돈'이란 게 있다.

그리고 그 돈은 대부분 스위스 은행에 모인다.

과거 스위스 은행은 고객의 정보를 본인과 미국 정부 이외에는 그 누구에도 넘겨주지 않았다.

당연히 개인은 물론이고 국가가 요구한다 하여도 결코 알려 주지 않아, 그 안전성은 예로부터 유명했다.

일반인에겐 별로 대단한 것이 아니지만, 뇌물을 받는 부정부패한 관료들이나 구주방이나 마피아, 마약 카르텔 등 같이 범죄조직에 소속된 사람들에겐 각광받는 점이었다.

일단 기본적으로 스위스 은행은 어떤 불법적인 수단으로 벌었던 간에 돈을 가리지 않고 받는데다가, 이 비밀 보장 덕분에 각 나라의 검찰 수사로부터 안전한 편에 속했다.

그뿐만 아니라 스위스 은행에서는 신분을 감추고 이름 대신에 번호로 표시되는 비밀계좌까지 운영해 주기에, 이처럼 뒤가 구린 사람들에겐 최적의 환경이었다.

그러나 호아킨은 스위스 은행에 돈을 하나도 맡기지 않았다.

어떻게 된 영문인지 알아내기 위해서 이쪽 방면으로 눈이 밝은 범죄자 동료(?) 자오웨에게 스위스 은행에 대해서 넌지시 물어봤다.

"검은 돈이라면 스위스 은행에 맡기지 않는 편이 좋아요."

"왜죠?"

"예전에는 확실히 좋았지만, 알다시피 스위스 은행이 안 좋은 쪽으로 유명해졌잖아요. 그래서 국제사회가 이를 마땅치 않게 여기고, 계좌 정보를 내어놓지 않으면 제재를 먹이겠다고 엄포를 놓았거든요."

"켁."

"그래서 여러 나라들과 조세협정을 체결했어요. 한국도 마찬가지고요. 스위스 은행은 예전 같지 않으니까, 돈 세탁이 목적이라면 싱가포르나…… 어머, 그런데 당신 검은 돈은 없지 않았어요?"

"그런 목적으로 물은 건 아니고, 이참에 은행을 이전하려고 했는데 스위스 은행이 워낙 유명하니 물어본 겁니다."

자오웨 역시 돈이라면 사족을 쓰지 못하는 여자다. 그런 여자에게 호아킨의 유산을 들키고 싶지는 않았다.

이후에도 한 가지 더 알 수 있는 사실이 있었는데, 스위스 은행의 은행비밀주의는 얼마 전에 EU와 철폐하기로 합의를 봐서 곧 있으면 폐지될 예정이라 한다.

호아킨은 이러저러한 연유로 스위스에 돈을 맡기지 않았고, 계좌조차도 없었다.

'좋은 걸 알았어. 생각해 보면 차라리 잘됐네. 호아킨은 국제 사회에서 워낙 문제가 됐으니, 그와 관련된 계좌는 추적이 들어와서 손을 댔다간 걸렸을 거야.'

물론 그렇다고 시무룩할 연유도 없었다.

어차피 돈에 대한 출처는 머릿속에 고스란히 남아 있다.

다시 머리를 굴려서 호아킨의 기억을 뒤적여보자, 얼마 지나지 않아 그의 자산이 어디에 있는지 알 수 있었다.

"와, 만들어 둔 신분만 해도 백 개가 넘다니. 대단하네."

알렉산드라도 대단하지만, 호아킨은 비교를 불허할 정도로 가짜 신분이 많았다.

아니, 정확히는 가짜 신분이라고 부르기에도 애매모호했다. 사용하는 신분이 대부분 '빼앗은' 것이었기 때문이다.

방법은 이렇다.

일반 시민을 살해한 뒤, 그 얼굴과 신분을 빼앗는다.

물론 대부분은 실종 신고 등 귀찮은 경우를 피하기 위해서 고아 출신이거나, 혹은 빈민가의 사람들을 살해했다.

그리고 앱스토어를 이용해서 외형을 바꾼 뒤, 그 계좌를 차명계좌로 이용해 자산을 분산시켜서 사용했다.

알렉산드라는 앱스토어를 이용하지 못해 외형의 모습을 바꿀 수 없었지만, 호아킨에게는 그런 제한이 없었다.

즉, 이렇게 되면 호아킨과는 전혀 연관 없는 멀쩡한 사람이 차명계좌 역할을 해 주니 조사에 걸릴 염려도 없다.

타인의 이름으로 빌린 계좌지만, 정작 그 정체는 자기 자신이기도 하니 보안상으로도 걱정할 필요가 없다.

필요하다면 언제든지 모습을 바꿔서 은행을 찾아가 돈도 마음대로 운용할 수 있으니, 약간 귀찮긴 해도 굳이 스위스 은행을 고집하지 않아도 충분히 안전한 방법이었다.

"당분간은 질리도록 해외를 돌아다니겠구나. 좀만 돌아다니다가 자가용 비행기라도 사야겠어."

백 개의 가짜 신분은 반 정도가 멕시코인이었지만, 그 외에는 천차만별로 다양한 국적을 지니고 있었다.

아메리카 대륙은 물론이고, 아시아나 유럽 등까지 포함

돼 있다.

어차피 백고천이 도플갱어에게 전과를 흡수당하기 전까진 활동에 제한이 붙으니, 지우는 마음 편히 외국으로 출국하여 당분간 호아킨의 재산을 회수하기로 마음먹었다.

결심을 했다면 바로 행동해야하는 법.

지우는 가족 등의 주변사람들에게 일 때문에 잠시 외국에 한 달 정도 나가 있어야 하겠다고 알리고 출국하려 했다.

"……오빠, 괜찮아?"

하얼빈 사태가 일어난 지 아직 반년도 지나지 않아서 그런지, 출국 소식에 지하가 걱정하는 모습을 보였다.

게다가 마약왕이니 멕시코 항쟁이니 시국이 어수선하니 걱정하는 것도 이상하지 않다.

"이 오빠만 믿어."

지우가 오른팔로 알통을 만들며 씩 웃었다.

"……."

그렇지만 지하는 전혀 안심하지 못했다. 항상 예의 무표정이었던 여동생의 얼굴에 불안감이 언뜻 보였다.

"걱정할 것 없다니까 그러네. 오빠만 믿어. 돈을 많이 벌 수 있는 일이라서 말이야. 돌아오면 파티하자."

하나밖에 없는 여동생이 세르게이의 패륜아나 다름없었

던 이반이나 올가와 달리 외국에 나가려하는 자신을 걱정 해 주었다. 기분이 안 좋을 수가 없었다. 그런 지하를 보고 좀 더 열심히 해야겠다고 생각하게 됐다.

"……응, 조심히 다녀와."

무슨 불만을 가진지는 모르겠으나, 지하가 발끝으로 정강이를 슬쩍 치면서 배웅해 줬다.

"조심히 다녀오렴."

"연락 자주하고!"

깊은 연이 느껴지는 남매애에 부모님이 훈훈하게 웃으면서 손을 흔들었다.

멀리 사라져가는 지우를 보고, 부모님이 웃었다.

"역시 우리 아들이야, 어쩜 저렇게 장할까."

"하하."

"자, 지하야. 얼른 돌아가자. 안 그러면 두고 간다?"

어머니가 아버지를 이끌며 출구로 향했다.

지하는 그 자리에 서서 가슴에 손을 얹고 생각에 잠겼다.

'……오빠, 괜찮다는 말…… 안 해 줬지.'

무언가가, 변하고 있다.

예전의 오빠였다면 항상 자신을 안심시키기 위해서 뻔하긴 해도 거짓말까지 동원했을 터. 그렇지만 방금 전엔 괜찮냐는 질문에 애매모호하게 답해 주면서 떠났다.

'돈을…… 많이 벌 수 있는 일.'

조금 브라더 콤플렉스 같은 발언이긴 해도, 예전에 그는 바보 같아도 자신이 외로워하거나 석연치 않아하면 '어라? 지하야 무슨 일 있어?' 라면서 하던 일도 멈추고 자신에게 달려오곤 했다.

물론 예전과 달리 지하 본인 역시 한두 살 먹은 어린애나 학생도 아니고, 다 큰 성인이긴 하지만 — 이상하다.

너무 과민반응이 아니냐, 라고 물어도 할 말이 없다.

확실히 그럴 수 있다. 단순히 기분 탓일지도 모른다.

생각해 보면 아무리 친한 남매 사이라고 해도, 이 정도까지 신경을 쓰는 건 바보 같다.

그렇지만

'오빠, 정말 괜찮아? 무슨 일 없는 거지?'

무엇인가 변했다.

* * *

스웨덴

"페르손 고객님께서 요청하신 대로 약 백만 유로를 대한민국의 로드 양로원 앞으로 기부했습니다. 그밖에 용건은 안 계신지요?"

"없소."

"저희 은행을 이용해 주셔서 감사합니다. 그럼 다음에 또 뵙도록 하겠습니다."

정갈한 옷차림에 반백의 수염을 기른 노신사가 지팡이로 바닥을 두들기면서 은행 바깥으로 나가 주차장으로 향했다.

그러나 노신사, 페르손의 뒤를 따라오는 불길한 그림자가 있었다.

"이보시오, 어르신. 길 좀 묻겠습니다."

페르손이 빛이 잘 들어오지 않고, 감시카메라에도 잡히지 않는 사각지대에 들어서자 스웨덴인 세 명이 나타났다.

다들 하나같이 험상궂은 얼굴에, 덩치가 산만 하다.

"주차장에서 길을 물어봐서 어쩌려고?"

페르손이 얼음장처럼 차가운 얼굴로 물었다.

"하하, 그러게 말입니다. 그럼 경제 불황 때문에 고통 받는 청년들을 위해 기부 좀 해 주겠습니까? 아까 보아하니 은행에서 백만 유로나 양로원에 기부했던 것 같은데 말이요."

나머지 두 명의 스웨덴 청년이 품 안에서 나이프를 꺼냈다. 그 모습을 확인한 페르손은 한숨을 내쉬었다.

"뒈지기 싫으면 당장 내 눈앞에서 꺼져라. 감시카메라가 없는 곳에 온 건 너희들이랑 짝짜꿍하려고 온 게 아니니까."

그 말에 세 명의 안색이 딱딱하게 굳었다.

제일 먼저 말을 건 스웨덴 청년이 이죽거리며 페르손에게 천천히 다가와 어깨 위에 손을 올렸다.

"이봐, 늙은이. 아무래도 상황 파악이 되지 않는……어?"

청년은 말하다가 말고 당황한 모습을 보였다.

방금 전까지 페르손의 어깨 위에 올라가 있던 자신의 손이 기이한 방향으로 뒤틀려 있었다. 워낙 순식간에 벌어진 일인지라, 청년은 방금 무슨 일이 벌어진 건지 이해하지 못했다.

"이게 뭔……."

"그러니까, 꺼지라고 했잖아. 왜 말을 안 들어?"

페르손이 손에 쥔 지팡이를 들어 손목이 뒤틀린 청년의 복부를 후려쳤다.

"꾸에엑!"

복부에서 느껴지는 끔찍한 고통에 스웨덴 청년이 비명과

함께 아침 식사를 바닥에 쏟아 냈다.

"뭐, 뭐야!"

"이봐!"

나머지 두 명이 당황하면서 반사적으로 품 안에서 흉기를 꺼냈지만, 가만히 둘 생각은 없었다.

페르손은 'T' 자 모양의 지팡이의 중간 부분을 잡아 부러뜨리고, 나머지 두 명에게 날려 머리와 가슴을 가격했다.

"커헉!"

"끅!"

외마디 비명과 함께 결국 스웨덴 청년 세 명이 제대로 숨도 쉬지 못하고 바닥을 나뒹굴었다.

그 모습을 확인한 페르손이 품 안에서 손수건을 꺼내 얼굴을 슥 닦아 냈다.

"그렇지 않아도 폴리모프 로션(Polymorph lotion)의 이 질감이 너무 심해서 짜증 나 죽겠구만……."

페르손, 아니 지우가 스웨덴어로 욕설을 내뱉었다.

폴리모프 로션(Polymorph lotion)

- 구분: 기타, 소모품

- 상품을 구입해 주셔서 감사합니다.

– 로션(500㎖)

– 여러 형태로 변신할 수 있는 마법 '폴리모프'를 담은 로션입니다.

– 사용법은 간단합니다. 손톱 정도의 양을 짜내서 얼굴에 바르고 원하시는 형태를 생각하시면 어떤 인종이던 자유롭게 변신할 수 있습니다.

– 타종은 불가능합니다. 원하시면 상위 상품을 찾아주세요.

– 비누 등 세안용품으로 씻거나 닦아내면 해제됩니다.

– 혹시 당신이 떳떳하지 못한 일을 행하려거나, 또는 누군가를 마음껏 엿 먹이고 싶다면 적극 추천해드리는 상품입니다.

– 사람에 따라 부작용을 초래할 수 있습니다. 여드름 등 각종 피부 트러블이 발생 시 포션을 구입해서 치료해 주세요. 병원에 가는 건 좋지 못한 생각입니다.

– 두껍게 화장한 것처럼 이질감이 있습니다.

– 가격: 10,000,000

호아킨의 숨겨 둔 돈을 회수하기 위해서 속칭 먼지날 정도로 세계 곳곳을 뛰어다녔다.

신분 증명을 위해서 폴리모프 포션을 구입해, 호아킨의

기억을 바탕으로 변신해서 돈을 되찾았다.

다만 상품의 설명대로 로션을 바르면 그 이질감이 무척 심해서, 상당히 답답하고 짜증이 났다.

그래서 상위 상품을 몇 개 찾아서, 초능력 분류에 있는 '신체변형' 을 구입할까 싶었지만 관뒀다.

'양추선이 생각나기도 하고, 왠지 모르게 내 정체성을 잃을 것 같아서 손이 가지 않는단 말이지.'

사람은 남자건 여자건 간에 잘생기고 예뻐지고 싶기 마련이다. 자유자재로 외모의 형태를 바꿀 수 있게 되면, 여러모로 편하긴 하겠지만 혹시나 그 욕심 때문에 자신의 모습을 알게 모르게 고칠까 봐 마음이 가지 않았다.

그래서 이번에 재산 회수용으로만 쓸 수 있도록 일부러 폴리모프 로션을 중복 구매해서 필요할 때만 사용했다.

"그래도 이게 없었으면 호아킨의 재산을 회수하는 데 꽤나 골치 아팠겠지."

백여 명의 얼굴을 바꿔가면서 돈을 회수했다.

유로와 달러로 나뉘어져 있었고, 합산해 보니 그 가치가 한화로 무려 1천억 원에 이르렀다.

천만 원도 아니고, 1억 원도 아니라 무려 1천억 원!

입이 떡 벌어지고도 남을 수준의 가치였다.

다만 그렇다고 이걸 함부로 쓸 수가 없었다.

일단 그중 반인 5백억 원 가량이 모조리 골동품이나 조각, 그림 등으로 고가에 팔리는 상품으로 대체되었다.

그 외에도 현금을 따로 중간중간에 빼돌려서 쌓아두기도 했고, 정말 다양한 방법으로 자산을 분산시켜 놨다.

고가의 미술품은 품질 증명서까지 함께 있으니 나중에 경매장에 내놓아서 팔면 그만이지만, 나머지가 문제다.

나머지 5백억 원이 지우 본인의 계좌에 한꺼번에 들어온다면, 당연히 세무조사가 들어와서 문제가 된다.

“쩝, 앱스토어가 이것까지 처리해 주면 참 좋을 텐데.”

관리자가 손을 써주는 덕분에 기적의 앱스토어에서 구입하는 상품은 기본적으로 흔적이나 기록 하나 남지 않는다.

당연히 상품을 구입하여 빠져나간 돈 역시 딱히 문제가 되지 않는다.

그 흔적과 인식 자체를 ‘무효’로 되돌린다는 의미다.

즉, 상품을 구매했던 돈은 애초부터 ‘없던 것’ 취급을 받는다는 의미였다.

하지만 앱스토어에서 구입한 상품은 되팔 수가 없으니, 돈 세탁 목적으로 이용할 수가 없었다.

‘이걸로 슈즈 팩토리를 구입했으면 딱 좋았을 텐데.’

아직 테마파크 사업을 구상하기 전, 사업 테크 끝판 왕이라 불렸던 신발 공장이 떠올랐다.

마침 그게 딱 5백억 원이었으니, 이 불법 자금으로 슈즈 팩토리를 구입하면 자동으로 돈 세탁이 되니 골치 아픈 문제가 해결된다.

하지만, 기적의 앱스토어는 기본적으로 오로지 본인 이름으로만 된 계좌에서만 입출금이 허용된다.

국내외 할 것 없이 타 은행에서 만든 계좌도 타인이 아니라 본인의 이라면 이용할 수 있지만, 차명 계좌로는 결코 이용할 수 없는 게 기적의 앱스토어였다.

왜 그런지 알고 싶어서 물어보니.

"등급으로 인한 정보 제한이 걸렸습니다. 알고 싶으시다면 하이 등급에 올라주세요."

라며 정말 재수 없는 웃음을 보여 줬다.

"에휴, 좀 더 서비스해 줘서 상품으로 벌어들이는 돈도 세탁해 줬으면 참 좋았을 텐데 말이지."

예전이 혹시 하는 마음으로 라미아에게 돈을 세탁하거나 혹은 세금을 피할 수 없는 방법을 물었다.

그러자 라미아는

"세무소 찾아가서 물어보세요. 저도 세금은 못 피해요."

"세, 금…… 냅니까?"

"벤저민 프랭클린이 '세상엔 절대 피할 수 없는 두 가지가 있는데, 하나는 죽음이고 다른 하나는 세금이다' 라고 말했잖아요. 저도 안내려고 온갖 수법을 동원했는데 안 내는 건 불가능하던데요."

머릿속으로 라미아가 치를 떠는 모습이 스쳐 지나갔다.

앱스토어의 관리자조차 피할 수 없는 것이 세금!

"불법자금인 게 조금 마음에 걸리긴 하지만, 어쩔 수 없네. 그래도 쓸 수 있는 게 얼마야. 그래도 페르손의 자금이라도 기부 형태로 돌릴 수 있어서 다행이었어."

스웨덴 국적의 페르손은 재벌 부모의 유산을 물려받은 전형적인 재벌 2세이며 독신주의자다.

그 덕분에 애인은 많았지만, 단 한 번도 결혼을 하지 않아 아이 또한 한 명도 없었다.

친인척과도 인연을 끊은 외톨이였기 때문에, 가짜 신분을 물색하고 있던 호아킨의 눈에 들어오게 됐다.

이에 호아킨은 그를 살해하여 신분을 빼앗은 뒤, 검은 돈을 넣어둬서 돈 세탁 용도로 쓰기 위해 다른 신분들과 다르게 꽤나 신경 썼다.

'호아킨이 페르손으로 변장하여 세계 곳곳으로 정기적으로 기부한 덕분에 한꺼번에 많은 돈을 기부해도 전혀 문제가 없어. 멕시코에 상당 부분 기부를 한 게 좀 마음에 걸리지만, 의심을 받을 정도는 아니야.'

호아킨은 보면 볼수록 참으로 용의주도했다.

그는 혹시나 많은 돈을 급하게 쓸 수 있도록 페르손을 인위적으로 기부천사라는 이미지를 가지게 만들었다.

그리고 필요한 때가 있으면 기부를 통해서 돈을 옮겼다.

조사해 보니 호아킨은 멕시코에 고아원과 양로원도 운영하고 있었는데, 비록 목적은 잘못됐지만 멕시코 빈민층 입장에서 그의 죽음을 크게 슬퍼하는 것도 이상하지 않았다.

다만 아쉬운 것이 있다면 페르손같이 노력을 쏟아 부은 신분이 그밖에 없었다는 점이었다.

그래서 지금 당장 옮긴 돈은 백만 유로, 한화로 12억 하고도 5천여만 원이 약간 안 되는 돈이었다.

"유산 회수는 이 정도면 됐고…… 그나저나 생각지도 못하게 정말 많은 언어를 배웠네."

원래 지우가 할 수 있는 언어는 한국어, 중국어, 러시아어와 멕시코 때문에 추가적으로 얻은 스페인어였다.

하지만 최근 한 달 동안 회수 목적으로 세계를 돌아다니면서 수많은 언어를 배웠다.

영어는 물론이고 추가적으로 불어, 독일어, 폴란드어, 힌디어 등 농담 삼아 언어의 지배자라 부를 수 있을 정도였다.

남들은 삼 개 국어, 사 개 국어 한다고 노력할 때 자신은 각종 언어를 현지인인 것처럼 사용할 수 있었다.

"이러다가 외계언어까지 배우는 거 아니야?"

왠지 앱스토어라면 판매하고 있을 것 같았다.

* * *

근 한 달 동안 외국에서 살다시피 한 지우가 귀국했다.

"정지우 대표님이 해외에 나가신 동안 스웨덴의 기부천사가 백만 유로를 양로원에 기부했는데, 알고 계신가요?"

"혹시 해외에 나가신 것도 기부 때문이었나요?"

"한 말씀해 주시죠!"

그리고 유명인들의 고통을 뼛속 깊이 느끼게 됐다.

'제기랄, 쉽게 건들지 않는다고 하더니만 잘만 건드네.'

포춘텔러 사건 이후, 삼대 방송사는 물론이고 웬만한 언론사들은 감히 건들 생각을 하지 않았다.

그러나 한국과 별 관계도 없는 스웨덴인인 페르손이 백만 유로정도 되는 돈을 뜬금없이 기부해 화제가 되면서, 여론이 몰려 어쩔 수 없이 취재를 받게 됐다.

"근 한 달 동안 해외에 나가 있던 건 업무 때문이지, 별다른 연유는 없습니다. 페르손 씨와는 공적으로도 사적으로도 아는 사이가 아닙니다."

자칫 잘못하면 기부를 강요하는 것처럼 보일 수 있기 때문에, 지우는 잘 생각해서 적당한 대답을 내놓았다.

"다만 저도 며칠 전에 이 소식을 듣고 페르손 씨에게 문의해봤습니다."

"그가 뭐라고 하던가요?"

"페르손 씨는 윤소정 씨의 열성팬이라고 합니다. 그래서 자사인 세이렌에 알아보다가, 우연찮게 양로원을 알게 되어 기부했다고 하더군요. 감사할 따름입니다."

일인이역을 하는 느낌이라 기분이 요상했다.

페르손이 비록 한때 실존인물이었으나, 지금은 호아킨을 거쳐서 지우의 또 다른 신분이 됐다.

게다가 기부한 것도 지우 본인이니, 정말 혼자서 북 치고

장구 치고 다하는 느낌이었다.

"그리고 혹시 하는 마음으로 말씀드리지만, 페르손 씨를 찾아가 취재하는 건 삼가주셨으면 합니다. 저도 감사인사를 드리기 위해 찾아가려 했으나, 페르손 씨는 자기가 하고 싶어서 했던 것뿐이니 괜찮다고 거절하시더군요."

몇몇 기자들이 움찔 하고 몸을 떨었다.

"설마 여기에서 페르손 씨를 찾아가 Do you know 윤소정, 세이렌, 정지우, 로드 등등 차마 입에 담기도 부끄럽고 몰상식한 질문을 할 기자 분들은 없을 거라고 생각합니다."

언론을 통제하고, 취재방지권을 지닌 자의 권력!

웬만한 스타급 연예인도 이런 배포를 놓을 수 없다.

그것도 그럴 게, 아무리 인기가 좋다고 하지만 언론이나 기자들에게 밉보이면 악마의 편집으로 기사가 나가 이미지에 상당한 흠집이 나기 때문이다.

평소 양로원으로 선량한 이미지를 유지하려는 지우라서 웬만하면 기자들에게 잘해 주는 편이었다.

그렇지만 혹시라도 페르손의 정체를 누군가가 파고들게 되면 상당히 귀찮아지기 때문에, 방지하기 위해서 일부러 강하게 나갔다.

또한 어차피 대한민국 언론에선 누구보다 강한 권력을 자랑하는 자신이기에 이런 수법을 쓸 수 있었다.

"그럼 취재는 이걸로 끝내겠습니다. 시차적응도 있고, 한 달 동안 외국에 있느라 피곤해서……."

지우가 더 이상 볼일 없다는 듯이 공항 근처에 미리 소식을 듣고 세이렌에서 보낸 전용차량으로 발걸음을 옮겼다.

당연히 기자 인파들을 제지하기 위해서, 경호원들이 지우 주변을 빙 둘러싸 취재진들을 힘껏 막아 냈다.

"잠시만 기다려 주십시오, 정지우 대표님!"

"최근 대표님께서 연예계와 재벌계를 통틀어 일등신랑감 순위에 오르셨는데요. 이에 한 말씀 부탁드……."

"중국에서 가희열풍을 일으킨 윤소정 씨의 행보에 대해……."

"한도공 회장님의 손녀분과 함께 있는 게 목격……."

평소에 여론의 관심이 없으면 공식석상은 물론이고 취재 하나 할 수 없는 게 바로 정지우다.

그러다 보니 한 번 기회가 찾아오면 이렇게 정말 갖가지 질문들이 홍수처럼 쏟아졌다.

'하아, 날이 갈수록 유명해지구나. 이렇게 된 거 철저하게 정지우라는 기업가의 신분을 만들어갈 수밖에 없어.'

예전 같았다면 아직 힘이 부족해 이 일이 몹시 마음에 들지 않았을 것이다. 어떤 수단을 써서라도 유명세를 필사적으로 줄이려 했겠지만, 지금은 그렇게까지 할 필요가 없다.

이능력 면으로도 상당히 강해졌고, 또 최대 세력인 언컨쿼러블과 디스페어에 대한 정보도 손에 넣었다.

나름대로 자신감이 충만했다.

거기에 섬을 통째로 테마파크로 만들 계획 중이니, 어차피 얼마 지나지 않으면 전 세계의 고객들에게 알려질 것이다.

일반인들이야 특수 효과다, 과학이다 하며 넘어가겠지만 고객들의 눈까진 피할 수 없다.

애초에 테마파크 사업 자체가 고객들에게 정체를 들킬 각오를 하고 시작한 것이니까.

'좋아, 이참에 양로원을 좀 더 키우는 편도 좋겠어. 전 세계적으로 유명해지면 기부를 많이 받아도 이상하지 않으니까. 이왕 이렇게 된 거 불법자금은 묵혀뒀다가 기부금으로 대충 돌려두자.'

호아킨의 가짜 신분은 쓰임새가 좋다. 한 국적을 지닌 백 명이 기부를 하면 누가 봐도 이상하지만, 다양한 국적을 지녔다면 별 문제가 되지 않는다.

'소라 씨에게 물어봐서 상류층 사이에 있다는 미술품 경매장을 알아보자. 처리할 일이 많아져서 좀 성가시지만, 그래도 돈을 벌 수 있는 게 어디야. 거기에 잘하면 경매에서 원가 보다 더한 돈을 받을 수도 있고 말이지.'

돈을 벌 생각에 콧노래가 절로 나왔다.

제3장

드래곤을 부르려면, 천조국 정도는 되어야한다

"해머 아저씨, 안녕하세요. 그동안 잘 지내셨어요?"

"오오, 클라이언트가 아닌가. 그동안 얼굴 한 번 안 비추기에 난 또 죽은 줄 알았네. 크하하하!"

드워프 공업 회사, 페라리우스의 대표이자 건설 감독을 맡고 있는 해머가 호탕하게 웃으면서 지우를 반겼다.

참고로 휴식 시간이었는지, 다들 맥주를 마시면서 떠들썩하게 놀고 있었다.

공사 현장에서 음주는 금물이지만, 인간이 아닌 드워프에게는 통용되지 않는다. 도리어 드워프에게 술을 빼앗는다는 건 대놓고 멱살 잡고 싸우자는 것과 동일하다.

일의 효율을 높이기 위해서라도(?) 지속적으로 맥주를 대량으로 구입하여 드워프에게 선물해 줬다.

"해머 아저씨, 공사는 잘 되고 있습니까?"

"자네가 지구의 다양한 맥주를 보내준 덕분에 효율이 크게 올라 자신할 정도로 완벽한 설계도가 나왔네."

안타깝게도 테마파크 건축은 아직 시작 단계였지만, 규모를 생각해 보면 어쩔 수 없는 일이었다.

'됐다!'

알코올, 아니 맥주 중독자밖에 없지만 그래도 예술의 종족이라 불리는 드워프다.

해머가 저렇게 자신만만해 하는 걸 보면, 생각 이상으로 완성도가 높을 것이 분명했다.

"항구나 헬기장, 공항 등은 어떻게 할 생각인가?"

테마파크가 완성되면 당연히 내륙과 왕래할 수 있는 이동수단이 필요하다.

선착장이 없는 건 아니었지만, 애초에 이 섬이 개인휴양지였기 때문에 그 수준이 대단하지 못했다.

그나저나 판타지의 종족이 아무렇지 않게 헬기라거나 활주로라거나 하는 현대 용어를 쓰니 참으로 이상했다.

"당연히 만들 생각입니다. 그쪽도 부탁드립니다."

의뢰비용이 추가적으로 발생되지만 딱히 문제는 없었다.

이번에 얻은 호아킨의 유산도 있고, 자신에겐 로드란 이름의 대기업이 뒤에서 든든하게 지원해 주고 있다.

박영만같이 유능한 경영자를 아래로 두고 있어서 그런지, 가만히 있어도 한 달에 최소 10억 원 이상은 들어온다.

"얼마나 걸릴 것 같습니까?"

건축 의뢰를 맡겼을 당시가 중국 하얼빈 사태가 막 끝나고 얼마 지나지 않았을 때다.

기억을 더듬어 보니 6월 말에서 7월 중순 사이다.

7월 말에 한국에서 동맹원들과 함께 회의를 가졌고, 한여름인 8월에 멕시코를 방문해서 호아킨을 목격했다.

이후에 백고천이 합류하고, 호아킨의 유산을 회수하러 세계 곳곳을 돌아다니며 한 달을 보내니 어느덧 9월이 됐다.

건축 의뢰를 맡긴 지도 어언 두 달이 훌쩍 지났다.

"아, 그러고 보니 자네는 기간에 대해서 들은 게 없었군. 원래 설계도는 한 달 전에 일찍이 완성됐네. 그래서 자네의 의견을 물어보려고 기다렸는데, 찾아오지 않아서 곤란했네. 한 달 동안 논 건 우리 탓이 아니라 자네 탓이야."

해머는 의뢰인이 일을 방치했다고 딱히 기분 나빠하지 않았지만, 지우의 잘못된 점을 지적했다.

"끄응."

지우 본인도 그걸 알고 있기에 반성했다.

그러나 그동안 워낙 한꺼번에 여러 일이 겹쳐져서 그만 신경을 많이 쓰지 못했다.

멕시코에서 두 조직을 추적한 것도 그렇고, 그 외에 호아킨의 유산 등 하나같이 우선적으로 처리할 일이 많았다.

게다가 예전에 설계도가 언제 완성될지 대략적인 기간을 듣지 못해서, 이런 일이 벌어졌다.

'명색에 내 최대 사업이었는데, 너무 무신경했어. 앞으로는 아무리 바빠도 사업에 조금이라도 신경 쓰자.'

자신의 잘못을 뉘우치며 정신을 똑바로 차리도록 마음먹게 됐다.

"흐, 그렇다고 너무 낙담하지 말게나. 한 달 동안 정말로 우리가 놀았던 건 아닐세. 내 자네가 부탁할 줄 알고 항구부터 시작해서 헬기장과 공항 활주로 등까지 설계를 끝내놨으니까."

해머가 웃으면서 지우의 등을 강하게 토닥였다.

"그 외에도 테마파크에 일할 친구들도 우리 나름대로 생각해 봐서 목록을 뽑아보았네. 자네가 꼬박꼬박 술을 보내줬으니 내 서비스로 힘 좀 써봤지."

"감사합니다!"

자신의 실수 때문에 한 달이란 시간이 다 날아간 줄 알았는데, 다행히도 해머가 센스 있게 대처해 주었다.

괜히 맥주란 뇌물을 지속적으로 선물한 게 아니다. 미리 뇌물을 넣어 두면, 언젠가 보답 받는 법이다.

지우는 해머가 건네준 서류를 슥 훑어보고, 이내 고개를 갸웃하며 머리 위에 물음표를 세웠다.

"그런데 드래곤은 어디 있습니까?"

판타지라면 빼놓을 수 없는 전설 속의 환상종!

이종족을 통틀어도 맞설 자를 찾기 어렵다는 지상 최강의 종족이며, 판타지를 모른다고 해도 드래곤은 남녀노소 할 것 없이 알려져 있을 정도로 유명했다.

그래서 로드 랜드를 개장하게 되면 지우는 이 드래곤을 내세워 제일 화려한 볼거리로 제공할 생각이었다.

"드, 드래곤 말인가?"

시종일관 호탕한 웃음소리와 여유를 잃지 않았던 해머가 처음으로 몸을 움찔 떨며 당황하는 모습을 보였다.

아니, 그뿐만이 아니다. 멀리서 술을 마시며 축제를 벌이고 있던 다른 드워프들도 뭔가 이상한 반응을 보였다.

“다, 다시 한 번 생각해 보게나. 정말로 드래곤을 고용할 생각인가?”

‘아, 뭔지 알겠다.’

머릿속으로 판타지에 관한 지식이 몇 가지 떠올랐다.

확실하지 않지만, 대부분의 드래곤은 다른 건 몰라도 금은보화 등 물욕에 대한 욕구가 굉장히 높다고 한다.

보석이나 진귀한 광물은 물론이고, 심지어 가치가 있는 예술품이라면 환장하는 편이다.

그러다 보니 대부분의 드래곤은 금을 포함하여 온갖 광석이나 보석을 손쉽게 찾아낼 수 있으며 예술품을 도깨비 방망이마냥 뚝딱 하고 만들 수 있는 드워프 종족을 몹시 사랑하는 편이고 또 소유하려 든다.

당연히, 드워프 입장에서 드래곤은 극단적으로 말하면 정말이지 극악무도한 강도나 마찬가지였다.

명색의 지상최강의 종족이니 드래곤에게 감히 덤빌 수는 없지만, 그렇다고 노예같이 살고 싶지는 않다.

해머가 이렇게까지 기겁하는 것도 이상한 건 아니었다.

‘이차원고용을 이용하니 걱정할 필요는 없지만…….’

설사 님프처럼 지랄 맞고 포악한 성격을 지닌 드래곤이

소환돼도 별걱정 할 필요는 없었다.

앱스토어를 통한 이차원고용은 절대적이다. 아무리 드래곤이라고 해도 고용주를 어찌할 수는 없다.

"공사가 끝나면 우린 돌아가겠지만…… 그걸로 끝은 아니지 않은가?"

말했다시피 드워프는 예술과 장인의 종족이다.

한 번 손을 댄 물품에는 끝까지 책임을 지려하는 습성이 있어서, 설사 팔이 잘린다고 해도 동료의 힘을 빌려서 끝까지 책임을 지려 한다. 그게 장인으로서의 자존심이다.

허나 테마파크처럼 대형 건축물을 이동시켜서 고칠 수는 없는 노릇이니, 어쩔 수 없이 방문해야 했다.

만약 그곳에 드래곤이 있다면 — 상상만 해도 끔찍하다.

그 외에도 정기적으로 점검이 있으니 방문해야 했기에 사실상 드래곤을 피할 수 있는 방법은 단 하나도 없었다.

"음."

지우도 이해를 못하는 건 아니다.

그도 웬만하면 해머의 부탁을 들어주고 싶었다. 페라리우스는 테마파크 이후에도 애용할 생각이었다.

마법과 견줄 정도로 뛰어난 드워프의 기술은 탐이 날 정도로 대단하다. '기적' 이라는 단어에 알맞은 힘이었다.

그래서 우호적인 관계를 유지하기 위해 평소에도 맥주를 선물해 주면서 환심을 샀는데, 만약 여기서 해머의 부탁을 거절하면 이후의 의뢰도 거절당할 가능성이 높았다.

'그래도 찾아보면 혹시 상냥한 드래곤이 있을지도 몰라.'

스마트폰을 꺼내서 이차원목록을 훑어봤다. 이유는 모르겠지만 가디언 분류에서 쉽게 발견할 수 있었다.

종족: 드래곤(Dragon)

분류: 가디언(?)

직업: 깡패

희망연봉: 1,000조 원

– 신화룡(神話龍)[제한]

– 고룡족(古龍族)

"흠."

눈을 감았다가 다시 떴다. 그런데도 화면이 변하지 않자 손가락으로 눈을 몇 차례 비볐다.

"이상하네."

볼을 살짝 꼬집어봤는데도, 꿈이 깨지 않는다.

인식장애가 일어난 건 아닌가 싶었다.

아니면 앱스토어 시스템에 오류라도 난 걸까, 혹시 하는 마음으로 앱을 재실행시킨 뒤에 다시 확인했다.

시급이 대신해야 할 자리, 연봉 단위 옆에 새겨진 숫자를 보고 지우는 하하하 하고 웃었다.

눈알이 튀어나왔다.

'얼마라고?'

흔히들 미국을 보고 천조국이라 칭한다.

이는 미국의 1년 국방예산이 한화로 천조 원에 육박한다고 하여 붙여진 별명인데, 장난 같아도 장난이 아니다.

괜히 미국이 최강국으로 알려져 있는 게 아니다. 국방 예산이 웬만한 선진국들의 1년 예산 빰치고도 남을 정도로 많기 때문이다.

문제는 이 상징적인 무언가로만 느껴지는 천조 원이 드래곤의 희망연봉에 당당하게 자리 잡고 있던 것이었다.

거기에 취급 자체도 여타 이차원종족들과는 차원이 다르다. 신화룡과 고룡족이라 하여 따로 링크가 붙어 있었다.

살펴보니 신화룡의 경우 에누마 엘리시의 티아마트나, 성경에 나오는 묵시록의 붉은 용 등이 있었고 고룡족의 경우 일반적인 판타지에 나오는 지상최강의 마법종족이 있었다.

'맙소사!'

기적의 앱스토어에게 본인에 대한 정보 제한을 걸 수 있는 10조 달러를 제외하고 수많은 상품과 이차원고용을 통틀어서 사상최고가가 나왔다.

'납득이 안 가는 건 아니지만…….'

확실히 신화 속에 나오는 드래곤이나, 그 외에 각종 판타지 장르에서 나오는 드래곤을 생각하면 이상한 건 아니다.

예를 들어 신화룡 분류에 들어가며, 북유럽 신화에 나오는 요르문간드는 지구를 둘러 쌀 정도로 거대한 몸체를 지니고 있다. 이 드래곤을 움직이는 건 세계 멸망과 같다.

'하, 거기에 쉽게 고용할 수 없도록 제한을 걸어뒀네.'

신화룡의 경우는 설사 돈을 지불해도 고용할 수 없었다.

등급이 낮아서 그런지는 몰라도, 이름만 올라와 있을 뿐 열람이 불가능했다.

아니, 솔직히 신화룡을 고용할 필요는 없었다. 고룡족만해도 능히 지구를 엉망진창으로 만들 수 있었다.

하기야, 국가가 아니라 개인이 천조 원을 보유하고 있다면 세계멸망이나 세계정복도 능히 가능한 일이다.

'제기랄! 드래곤을 볼 수 없다니!'

나름대로 드래곤에 대한 환상도 있었기에, 사업이 아니

더라도 두 눈으로 보고 싶었는데 참으로 아쉬웠다.

드래곤을 고용하는 건 절대적으로 불가능한 일이다.

애초에 천조 원이 있다면 굳이 드래곤을 고용할 필요가 없다. 기적의 앱스토어에서 파는 상품도 필요가 없다. 그냥 그 돈으로 잘 살면 된다.

"알겠습니다. 드래곤은 고용하지 않겠습니다."

"야호!"

해머가 체통도 잊은 채 어린아이처럼 좋아하면서 제자리에서 덩실덩실 춤췄다. 다른 드워프들도 마찬가지였다.

드래곤에 대한 마음을 고이 접으면서, 지우는 환호와 함께 춤을 추는 해머에게 질문을 던졌다.

"그나저나 잠시 딴 길로 샜는데…… 완공은 언제 됩니까?"

"흠흠. 아무리 우리라고 해도, 섬을 통째로 테마파크로 만드는 일인지라 생각보다 많은 시간이 걸리네. 최소 반년은 잡아야 하고, 1년 정도는 생각해야 할 거야."

"예? 겨우 그것밖에 걸리지 않습니까?"

드래곤의 희망 연봉만큼은 아니지만 충분히 눈이 튀어나올 만큼 짧은 기간이었다. 그래도 명색에 테마파크인데 1년밖에 걸리지 않는다니, 부실공사가 의심되는 수준이었다.

"하하하, 우리가 누군가? 드워프일세, 드워프!"

굳이 말이 필요한가, 애초에 드워프란 종족 자체가 일반적인 상식을 파괴하는 존재들이다. 그걸 모르는 건 아니지만 그래도 놀라운 건 놀라운 일이다.

"공사는 걱정하지 말고 프로인 우리에게 맡기게나. 그리고 건축 자재들은 어떻게 공수할 생각인가?"

"끄응, 그것도 문제로군요. 웬만하면 섬에서 일어나는 일을 숨기고 싶은데…… 혹시 무슨 좋은 생각 없습니까?"

아무리 언론을 통제할 수 있다고 해도 섬에 찾아온 사람들이 드워프를 알게 되면 문제가 된다.

카페에 점원으로 일하는 요정족들이야 대부분이 인간족의 형태를 하고 있으니 문제가 되지 않는다.

그렇지만 드워프는 외형적으로 눈에 너무 띄기도 하고, 요정족의 기술이 알려진다면 큰 소란을 일으키게 된다.

두 조직에게 '나 여기 있다!' 라고 광고하는 꼴이다.

"지구보다 값이 좀 나가긴 하겠지만, 요정계에 건축 자재 전문 업체를 소개해 주겠네."

가끔 생각해 보면 정말 요정계가 뭐하는 동네인지 싶다.

님프의 말에 의하면 취업난이 극심하고, 요정대학도 있으며, 심지어 각종 자격증을 따내기 위한 시험도 있다고 한다.

거기에 공업 회사인 페라리우스도 그렇고, 건축 자재 전문 업체도 있다고 하니 감이 안 잡혔다.

'이제 기간도 정해졌으니, 두 조직 간의 일도 웬만하면 반년에서 1년 안에 승부를 봐야하려나.'

최소 반년이 걸린다고 했으니, 언컨쿼러블과 디스페어의 일도 그 기간에 맞춰서 정리해야 할 필요가 있었다.

물론 1년조차도 말이 안 되는 속도이긴 하지만, 그래도 명색에 장인 종족 드워프이니 혹시 모르는 일이었다.

— 이사님, 박영만입니다.

"네, 말씀하세요."

— 저번에 말씀하셨던 경영진들을 알아봤습니다.

"오, 마침 시간이 남는데 잘 됐군요."

카페나 버거의 체인점 등의 사업장이 기하급수적으로 늘어나면서 결국 감당할 수 없게 됐다.

그래서 예전에 박영만에게 부탁해서 지우를 대신하여 경영할 사람들을 알아봐달라고 부탁했는데, 타이밍 좋게도 로드 랜드 일이 끝나자마자 연락이 왔다.

"세이렌 본사로 제가 찾아뵙겠습니다."

— 네, 기다리고 있겠습니다.

* * *

"대표님, 오랜만에 뵙습니다."

"항상 제가 귀국할 때마다 편의를 봐주셔서 감사합니다."

최근에도 그렇고 박영만은 항상 말을 하지 않아도 지우의 편의를 위해서 많은 노력을 했다.

출국이나 귀국 일정만 알려 주면 알아서 경호원이나 운전기사나 비서까지 붙여줬다.

듣기론 자신을 위해서 세이렌 내에 대표 이사 전담팀을 만들었다고 했을 정도다. 이러니 박영만을 좋아하지 않을 수가 없다.

"아닙니다, 당연한 일을 했을 뿐입니다."

"하하, 여전히 겸손하시군요. 그럼 브리핑을 부탁드리겠습니다."

"예."

박영만은 빔 프로젝트를 조정하여 경영진 후보 등을 여러 명 소개시켜줬다.

확실히 세이렌의 경영자답게, 연예계뿐만 아니라 여러모로 기업 층에서 다양한 인맥을 만든 모양이었다.

한 명 한 명 경력이 상당히 화려한 사람들로만 모였다.

"제일 먼저 뽑아야할 임원들은 역시 C—레벨 임원, 최고 책임자들입니다. 로드 기업은 명실공히 대한민국 최고 대기업 중 하나로 성장하게 됐습니다. 그동안은 대표님께서 워낙 유능하신지라 대신 책임지고 있었지만, 아무래도 규모가 규모인지라 이제는 대신할 사람들을 찾아야합니다."

"하하하, 말씀은 기쁘지만 그렇게까지 칭찬해 주실 필요는 없습니다."

지우도 경영적인 측면에선 스스로가 많이 부족하다는 걸 알고 있다. 경영진을 필요로 한 것도 능력이 되지 않아서 그렇다. 앱스토어의 상품만 아니었다면 그는 평범한 사람에 불과하다.

그래도 장점을 꼽자면, 지우 스스로가 자신의 한계를 잘 알고 있으며 또 무능한 면모를 인정한다는 점이다.

"계속해서 진행 부탁드립니다."

"네, 현재 본 기업에서 필요한 인재는 역시 최고재정책임자인 CFO와 최고업무책임자, 혹은 최고운영책임자인 COO입니다. 또한 그 아래의 팀 역시 필요합니다."

대게 기업에선 빠질 수 없는 자리이지만, 어지간한 대기업이 아니라면 대부분이 사장 등 중역이 맡기 마련이다.

실제로 그동안 재정책임은 주로 박영만이었고, 운영의 경우 세이렌 관련이 아니라면 한소라의 도움을 받은 지우가 도맡고 있었다.

"일단 제가 알아본 후보들을 보여드리겠습니다. 또한 후보들에게 이미 취임 의사도 물어보았으며……."

조금 지루한 설명이 이어졌지만, 앞으로의 일을 위해서라도 꾹 참고 경영진 후보를 꼼꼼히 살폈다.

하버드를 비롯하여 아이비리그 출신부터 시작해서, 이름만 들어도 알 법한 대기업의 컨설턴트 등등의 직함이 경력에 들어가 있었다.

'계측 펜 시리즈를 오랜만에 쓸 때가 왔구나.'

솔직히 말해서, 경력만 보자면 거기서 거기였다. '별 대단하지 않다'라는 의미가 아니라 대부분 현실감이 느껴지지 않을 정도로 능력 있는 사람들밖에 없었다.

이런 사람들이 뭐가 부족해서 로드에 올까 생각도 했지만, 금세 머리를 좌우로 흔들어 나쁜 생각을 털어 냈다.

박영만이 말한 대로 로드는 이제 명실공히 대한민국 최고 대기업 중 하나가 됐다.

물론 리즈 스멜트나 자성 그룹 등에 비해선 아직 부족한 감이 있지만, 기업 성장률은 타의추종을 불허할 정도다.

아직 대한민국 최고라 칭할 정도는 아니지만, 그래도 규모와 능력 면으로 나쁜 건 아니다.

실제로 취업희망기업 순위권에 로드의 이름이 올라오고 있었다.

어쨌거나, 후보들이 능력 면으로 박빙을 이룬다고 하면 심성을 보면 그만이다. 착한 사람을 고르면 적어도 기업 이미지 실추 행위나, 혹은 대표 이사인 자신의 뒤통수를 치는 배반 행위는 하지 않는다.

"그리고 연봉 협상을 하시게 되면 아마……."

"돈은 얼마든 상관없으니 신경 쓰지 마십시오. 전 능력이 뛰어난 사람들에게 그만큼 대우를 해드립니다. 박영만 사장님도 마찬가지입니다."

박영만은 그동안 유능한 면을 한없이 보여줬고, 또 자신의 편의를 봐줬다. 그런 사람을 막 대할 리가 없다.

마음 같아선 박영만에게 세이렌 지분을 약간 양보해 주고 싶었지만, 그렇게 되면 대주주의 자리를 넘기게 되니 그럴 수는 없었다.

그래서 박영만이 무언가 부탁을 하면 선을 넘지 않는 선에서 대부분 들어주거나, 혹은 세이렌의 1분기 순익 중 일부분을 추가적으로 넣어주기도 했다.

"터무니없는 연봉만 제시하지 않으면 됩니다. 일단 후보분들의 능력은 대부분 비슷하니 모두 면접을 보죠."

"그렇게 하겠습니다."

박영만을 제외하고 오직 요정으로만 돌아가고 있던 로드 기업도 슬슬 본격적으로 대기업의 형태를 잡아가고 있었다.

'이제 알렉산드라가 있으니까 카페나 버거에 일하는 요정과 마법의 커피머신 등 가게 사정에 대한 문제를 해결할 수 있겠어.'

경영자를 선불리 고용할 수 없었던 건, 역시 기적의 앱스토어에 관한 점 때문이었다.

단순한 점원들은 차고 넘치는 요정들이 있으니 상관없었지만, 경영의 경우엔 카페나 버거의 비밀을 알 수밖에 없다.

그래서 어떻게 할까 싶었는데 알렉산드라에게 기업 관련으로 도움을 받을 수 있어서 문제가 해결됐다.

마인드 컨트롤로 적당히 '마법 같은 것에 의문을 품지 말 것' 이라고 두뇌 몇 부분을 건드리면 알아서 해결된다.

고객의 경우는 워낙 까다롭지만, 아무런 힘도 없는 일반인은 무의식까지 고쳐서 자연스럽게 행동할 수 있게 만들 수 있다. 괜히 마인드 컨트롤이 아니다.

'으음, 다만 우후죽순 늘어나는 체인점이 문제네. 동맹원들에게 부탁해 마법의 커피 머신을 추가적으로 구입해도 역시 공급이 따라가지 못한단 말이지.'

체인점 문의를 받았을 때 너무 많아서 깜짝 놀랐다.

원래 카페나 버거의 경우 본점에서 따로 만들어 재료를 보급하는 구조를 가지고 있었지만, 아무리 하루 종일 커피콩을 볶는다고 해도 한계가 있다.

로드란 브랜드가 인기가 없는 것도 아니고, 수요가 넘치다 못해 폭발할 정도니 버틸 자신이 없다.

조금 아쉽기는 했지만, 초기에 만들었던 본점과 분점을 제외한 체인점들은 일반 커피로 나갈 수밖에 없었다.

커피 맛이 변했다며 소비자들이 돈을 많이 벌어서 그렇다고 비난하겠지만 현실적인 사정이 있으니 어쩔 수 없었다.

그 외에도 로드 카페 고유의 미남미녀 요정족 역시 체인점 모두에 배치할 수 없다.

그동안 지우나 한소라의 경우는 별 문제 없었지만, 다른 일반인들이 요정들을 점원으로 쓰면 여러모로 귀찮은 문제가 발생하기 때문이었다.

'한때 편의점 아르바이트생에 불과했던 내가 CFO다 COO다 뭐다 하면서 고민하고 있다니, 신기하네.'

예전에는 밥 한 끼 사먹는 데 손이 덜덜 떨렸다. 항상 6,000원 이내로 어떻게든 밥을 처리하려고 했다.

외식은 고사하고, 집에서 해먹는 것도 최대한 재료를 아꼈고 고시텔에서 홀로 쓸쓸이 버텨왔다.

지금 생각해 보면 어떻게 살아왔나, 하고 싶을 정도로 질이 낮은 생활이었다. 하지만 이제는 아니다.

누구나 부러워할 만한 사람이 됐다. 돈이 많다 못해 넘치는 부자가 됐다.

그때와는 비교도 안 될 만큼 고급스러운 생활을 손에 넣었다.

고시텔 대신에 서울 시내에서 부촌으로 유명한 동네의 주택을 얻었고, 가만히 있어도 언론에서 관심을 갖는다.

이젠 아우라를 낮추고 얼굴을 가리지 않으면 밖으로 나가지도 못한다.

마음만 먹으면 오성급 호텔에 가서 매일 끼니를 때울 수 있으며 옷차림도 들으면 깜짝 놀랄 만큼의 명품이다.

누군가가 지금 생활에 만족하느냐, 라고 묻는다면

답은 정해져 있다.

'아직, 아직 부족해. 좀 더 돈을 벌어야 한다.'

만족하면 거기서 끝이다. 만족하기에는 아직 이르다.

재벌을 향한 길은 이제 막 시작됐을 뿐, 돈을 좀 더 크게 벌어야 한다. 아니 많이 번다는 수준으로는 부족하다.

'세상은 위험해. 그러니까, 만반의 준비를 해야 해.'

자고로 세상일은 모르는 법이다.

어머니가 교통사고를 당했을 때의 불행이 아직도 머릿속으로 잊혀 지지 않고 남아 있었다. 그때의 슬픔과 분함이 마음 깊숙한 곳에 각인됐다.

물론 지금의 재력으로 어찌어찌 처리할 수 있지만, 그래도 혹시 모르니 세계 최고의 부자가 되어야 한다.

기적의 앱스토어가 필요 없을 만큼의 돈이 필요했다.

'돈으로'

보다 압도적인 돈으로

'해결해 주겠다.'

*　*　*

"그러고 보니 말이야."

턱을 괸 채 멍하니 있던 이은정이 말을 꺼냈다.

"응?"

"학교에서 정지우와 친했던 건 수진이 너밖에 없었지?"

"그렇지. 사교성 더럽게 없었으니까."

김수진은 옛 생각이 났는지 쿡쿡 하고 웃었다.

언론도 감히 어찌 어쩔 수 없는 정지우지만, 정작 김수진 입장에선 그가 어떤 인물이건 간에 눈치 없고, 조금 바보 같고, 이상한 성격을 가진 친구일 뿐이다.

"생각보다 내 친구는 대단하네. 그 천하의 정지우와 친하게 지내고, 아직까지 연락도 하고 말이야."

딱히 부러워서 비꼬는 게 아니다. 이은정은 정말 순수하게 신기해서 그랬다.

비유를 하자면 평생 만날 일 없는 유명인과 친한 사람을 친구로 둔 느낌이었다. 아니, 비유가 아니라 사실이다.

"학창 시절의 정지우는 어땠어?"

이은정도 지우와 아예 만나지 않은 것은 아니다. 지우가 이은정을 기억하고 있을 정도로의 면식은 있었다.

그렇지만 김수진처럼 정기적으로 연락하고, 만나서 놀 정도로의 사이는 되지 않아서 자세하게는 몰랐다.

단짝의 물음에 김수진은 잠시 회상에 잠긴 듯, 먼 산을 바라보다가 입가에 미소를 그려내며 답했다.

“지금이랑 별로 다를 것 없었어. 눈치는 더럽게 없고, 성격 이상하고, 바보 같고…… 그리고 착하고 상냥했지.”

“우와, 닭살. 너 사실 정지우랑 사귀고 있는데 숨기고 있는 거 아니야?”

“사, 사, 사귀다니! 은정이 너 또 그런다!”

김수진이 말을 더듬으면서 당황했다. 그녀의 얼굴은 잘 익은 사과처럼 새빨갛게 달아올랐다.

만족스러운 반응에 이은정은 짓궂게 웃고는 이내 의자에 등을 기대고 무언가 걸리는 표정을 지었다.

“그런데, 너. 조심해야 한다?”

“뭐가?”

“사람은 돈이 많아지면 변하기 마련이잖아. 어쩌면 너에게 심하게 대할 수도 있…… 미안해요. 잘못했어요.”

방금 전까지만 해도 사춘기 소녀 같은 얼굴이었던 김수진이 무시무시한 눈길로 째려보자 이은정이 얼른 사과했다.

김수진은 흥흥, 하고 콧방귀를 뀌더니만 살짝 토라진 얼굴로 단짝에게 한소리를 했다.

“지우는 절대로 그런 애가 아닌걸? 장담할 수 있어. 예전에만 해도…… 앗. 아니야. 아무것도 아니야.”

"응? 뭐야, 뭔데 그렇게 괴롭혀 주고 싶은 표정을 짓니? 이 언니한테 말해 봐!"

"꺄아악! 자, 잠깐! 어딜 만지는 거야!"

"……뭐야, 대체 몇 컵이야?"

별나긴 해도 돈 때문에 변할 사람은 아니다.

김수진은 그렇게 생각했다.

제4장

나도 그리 양심 없는 사람은 아니야

‘경영진들 면접 날짜는 아직 남았으니까, 지하를 위해서 힘 좀 써보실까.’

호아킨의 유산을 회수하기 전, 지하를 약간 걱정시키고 왔다. 아무래도 그게 마음에 걸렸다.

게다가 출국하기 전, 다녀오면 함께 시간을 보내자고 약속을 했으니 실망시킬 수는 없었다.

“음, 사적인 일이니 기사님을 부르기에는 마음이 걸리네. 그래, 이참에 밀어뒀던 개인용 차량이나 구입해 볼까.”

개인용 차량은 항상 생각만 해 두고 실천을 하지 않았다.

그래서 시간이 남으니 이참에 구입할 생각이 들었다.

지우는 박영만에게 자동차 딜러를 소개시켜 달라고 하려다가, 박영만이 그렇지 않아도 면접 준비 때문에 여러모로 바쁘다는 걸 깨닫고 양심이 찔려 혼자 알아보러 가기로 마음먹었다.

"어디보자…… 좋아, 여기로 갈까."

남자라면 하나쯤은 차량에 대한 환상이 있는 법!

지우도 예전에 군침을 흘리면서 사고 싶어 하는 자동차가 있었다. 그는 고민하지 않고 브랜드 하나를 떠올리면서 발걸음을 옮겼다.

"강남이 그렇게 먼 것도 아니고, 뛰어갈까…… 아니, 됐어. 한낮이기도 하고 눈에 띌 수도 있으니까."

트랜센더스나 금무반지의 영향으로 압도적인 신체능력을 지녀 마음만 먹으면 빌딩 사이를 넘나들며 강남으로 날아가듯이 갈 수 있었다.

마음 같아선 튼튼한 두 다리로 날아가고 싶었지만, 재수없이 우연찮게 사진에 찍힐 수가 있으니 그럴 수는 없었다.

할 수 없이 시간이 좀 걸리더라도, 택시를 잡았다. 적어도 버스나 지하철보단 나았다.

*　　*　　*

지우는 강남구 대치동에 있는 슈퍼카 매장을 방문했다.

“안녕하세요. 차 좀 알아보러 왔는데요.”

“손님, 이러시면 곤란합니다. 다른 손님 분들께서 불쾌해 하십니다.”

문을 열고 들어서자마자 축객령을 받았다.

“이런 개…….”

반사적으로 욕설을 남발하려던 지우는 그제야 자신이 트레이닝복 차림을 하고 있는 걸 깨달았다.

평소에 인터뷰나 업무 관련으로 툭하면 정장 차림을 하고 있어서 오늘은 집에 아무렇게나 굴러다니는 트레이닝복을 주워 입은 것이 화근이었다.

“잠시만요.”

그래서 매장을 나가 가까운 정장점을 찾아 아무거나 골라 입었다. 다른 옷을 사 입을까 했지만, 어차피 대부분 정장 차림을 하고 있으니 하나 더 있어도 나쁜 게 아니었다.

참고로 정장 매장을 방문했을 때도 매우 곤란했다.

“손님, 혹시 와이셔츠 안에 입는 런닝을 24개월 할부로 사러 온 건 아니시죠? 그러신 거라면 당황하지 마시고 저쪽 출구로 조용히 나가시면 됩니다."

"혹시 뉴스 잘 안보세요?"

"정장 매장을 털러 온 강도에 대해선 뉴스에서 본 적 없는…… 어이쿠! 정지우 대표 이사님께서 본점을 방문해 주시다니, 영광입니다. 워낙 후줄근한 쓰레기를 입고 오셔서 몰라 봤네요. 어떻게 모실까요?"

"사장님처럼 모시세요."

"내가 너 때문에 얼마나…… 이런 천하의 개쌍……."

"갑처럼 모시세요."

"이쪽으로 오시죠."

주목을 피하기 위해서 아우라를 한없이 낮추고, 옷차림도 대충 입고 오다보니 이런 사태가 번번이 벌어졌다. 택시 말고 그냥 대중교통 이용해도 괜찮지 않았을까 하는 생각이 들 정도였다.

어쨌거나 재단장을 하고 다시 슈퍼카 매장에 들렀다.

옷이 사람을 만들어 준 것일까, 아까 봤던 직원이 문까지 열어주면서 깍듯하게 허리를 숙여 인사했다.

"어서 오십시오."

당연하게도 직원은 지우를 알아보지 못했다.

뭐라고 할까 하려다가, 괜히 소인배처럼 보일 것 같아서 그냥 마음 넓은 자신이 참기로 했다.

자오웨나 님프 등 성격이 그다지 좋지 못한 주변 사람들이 듣게 되면 빵 터뜨릴 수 있는 혼신의 개그였다.

"찾으시는 모델이라도 있으십니까?"

"아벤타도르 시리즈와 우라칸 시리즈가 유명하다고 들었습니다. 그 둘 중 추천을 받을까 싶은데요."

"저, 손님 실례합니다만……."

"세이렌. 로드 기업."

지우가 지친 기색으로 말했다.

"아아, 고객님이 그 유명한 정지우 대표군요. 몰라봐서 죄송합니다. 하하, 설마 이렇게 평범한 낯짝을 하고 있을 줄은 몰랐네요!"

"뭐요?"

"자자, 이쪽으로……."

정체를 밝히니 대우부터 확연하게 달라졌다. 세계에서 내로라할 정도로 슈퍼카를 상징하는 곳에서 자신을 이렇게 단번에 알아보고 놀라니 그래도 기분은 나쁘지만은 않았다.

"오오, 오오오……!"

그동안 영화나 사진에서나 접했던 차량을 눈으로 목격하

니 절로 감탄사가 튀어나왔다. 아니, 그 수준이 아니다.

마치 삼 일 밤낮을 굶고 치킨을 영접한 것처럼 마음 깊숙한 곳에서 감동이 우러러 나왔다.

그만큼 남자에게 있어 자동차라는 건 나이를 불문하고 꿈의 상징이자 모든 것이기도 하다.

"이건 자동차가 아니야. 예술품이 분명해."

"예, 저도 그렇게 생각합니다. 저도 자사의 자동차를 구입하기 위해서 결혼을 포기했습니다."

"제가 감히 만져도 될까요?"

"시승도 가능하십니다."

모터쇼에서 구경만 하는 것만으로 입이 떡 벌이지기 마련인데, 이렇게 직접 혼자서 보고 또 만질 수 있다니 정말 감동의 도가니였다.

"하하, 전용기는 내부만 끝내주고 외부는 좀 심심한 감이 있는데 이거와는 차원이 다르네요. 역시 남자는 비행기보다 자동차죠."

"비행기요?"

"예. 얼마 전에 한 달 동안 업무 때문에 해외를 돌아다녔거든요. 그래서 기다리는 것도 귀찮아서 하나 장만했죠."

"……."

일을 때려 칠까 진심으로 고민됐다.

* * *

날카로운 선을 지닌 공격적인 디자인의 아름다운 몸체를 보면 사랑에 빠진 것처럼 가슴이 제멋대로 날뛴다.

엑셀을 밟으면 배기구에서 불이 뿜어져 나와 V12 형식의 엔진과 함께 성난 투우처럼 울어 댔다.

중량 1,525kg, 배기량 6,498cc, 최고속도 350km/h에다가 가속성능이 무려 제로백 2.8초에 이르며 750마력을 지니고 있는 괴물이다.

아벤타도르 시리즈로 2015년에 제네바 모터쇼에서 고성능 양산형 모델로 발표한 슈퍼 벨로체(SV)다.

그 인기도는 공개된 이후로 세계 전체에서 없어서 못 팔 수준일 정도이라 한다.

시동버튼은 전투기의 미사일 버튼처럼 덮개가 올라가 있어, 슈퍼카가 아니라 다른 무언가를 타는 느낌이다.

승차감은 두말할 것도 없다. 아니, 이 차를 과연 잘 다룰 수 있을까 하는 부담으로 걱정이 될 정도였다.

제일 중요한 가격은 327,190유로로 한화로 치면 5억이 약간 되지 않는다. 당연히 눈이 튀어나올 만큼 비쌌다.

"오빠, 차 뽑았다. 널 데리러 가."

흥겹게 노래를 부르면서 도로를 향해 질주 — 는 아니지만 그와 비슷한 운전대를 잡고 지하가 있는 대학교로 향했다.

"으악! 야생의 아벤타도르가 나타났다!"

도로에 모세의 기적이 일어났다.

구급차가 사이렌을 울리는 것도 아닌데도 아벤타도르 슈퍼 벨로체가 전진하면 모두 기겁하면서 갈라졌다.

"하하, 교통체증? 엿이나 먹으라지!"

앞에 가던 차들도 속도를 낮추면서 옆으로 피해가는 걸 보면 마음 깊숙한 곳에서 쾌감이 올라왔다. 택시를 타고 답답함을 느끼는 것과는 차원이 다르다.

"이것이야말로 돈지랄!"

대한민국처럼 쉽게 달릴 수 없는 나라에서 슈퍼카를 타고 다니는 것이야말로 돈지랄의 정점을 의미하기도 한다.

미국 등이야 원래 땅이 더럽게 넓으니 원한다면 달릴 수 있지만, 좁디좁은 대한민국에선 그런 기회가 쉽게 찾아오지 않으니 여러 의미로 돈지랄이 됐다.

"와, 진짜 끝내준다……."

"저거 탄 사람은 대체 누굴까?"

운전자들은 신호가 바뀌는데도 움직일 생각을 하지 못하고 아벤타도르의 위엄에 넋을 잃고 구경하기 바빴다.

"야이, 미친놈아! 누가 창문 열고 담배 피래? 재가 날려서 저 인생 브레이커에 떨어지면 어쩌려고!"

남을 생각하지 않는 흡연자들조차 겁먹게 만드는 위엄!

"여보, 저기 빈 공간 많은데 왜 안 들어가?"

"음, 그건 말이지. 저기에 들어갔다가 혹시라도 실수를 저지르면 길거리에 나앉고도 모자라서 우리 아이들을 노예로 키워야하기 때문이야."

가족 전체를 절망의 나락으로 떨어뜨리는 공포 그 자체!

"하하하! 비키거라, 우민들이여!"

지우가 세상의 모든 걸 손에 넣은 것처럼 좋아했다.

"으하하……."

차 안에서 그렇게 미친놈처럼 몇 분을 웃었을까, 얼마 지나지 않아 입을 다물게 됐다.

'제기랄!'

그래도 차량이 워낙 많은지라 생각보다 잘 갈 수가 없었다. 거기에 새 차이다 보니 괜히 신경이 쓰여서 마음대로 운전할 수도 없었다.

돈지랄을 할 만큼 돈이 많긴 하지만, 그렇다고 차량을 막 굴리진 않았다.

혹시 생채기라도 나면 몇 날 며칠을 괴로워하며 슬퍼할지도 모르는 일이었다.

"좀 가라……."

* * *

"……?"

바깥에서 왠지 모를 소란을 느낀 지하가 고개를 갸웃거렸다. 그녀는 시선을 돌려 창문 바깥을 살폈다.

왠지 모르게 사람들이 북적이고 있어서, 혹시 무슨 연예인이라도 온 건 아닌가 싶었다.

"너 정문에 그거 봤냐?"

"당연하지. 나도 졸업하면 부모님한테 부탁해서 사 볼까 생각 중이야."

"너 진짜 재수 없다."

지하가 재학 중인 대학교는 대한민국 전체에서도 세 손가락 안에 들어올 정도로 초일류의 대학이다.

중학생과 고등학생 시절 항상 전국 모의고사 최상위권에

들었고 수능도 별다른 어려움 없이 시험을 친 지하를 생각해 보면 재수 없이 입학한 건 별로 이상한 일은 아니다.

여하튼, 대학의 수준이 높다보니 어릴 적부터 부모님을 통해서 고등 교육을 받거나, 혹은 상당히 많은 기부금을 내서 어부지리로 입학한 학생들도 몇몇 존재했다.

방금 전의 학생들이 그런 부류였다.

"지하야, 뭘 그렇게 멍하니 있어."

자신을 부르는 목소리에 지하가 예의 무표정을 유지한 채로 머리를 들었다.

"이재웅 선배."

훤칠한 키에 그럭저럭 잘생긴 이십 대 중반의 남자가 웃는 얼굴로 서 있다.

"강의실에 계속 앉아만 있으면 너 병들어. 그러지 말고 나랑 점심이라도 한 끼 어때?"

이재웅은 사근사근한 어조로 물었다.

'이번에야말로 정지하를 손에 넣겠다.'

음흉한 속내를 감추며 이재웅이 입술을 혀로 적셨다.

대학에 입학한 지 아직 1학년도 모두 보내지 않은 지하지만, 그녀는 학년을 통틀어 상당히 유명인이었다.

물론 정지우의 여동생으로서가 아니다. 대학교 총장이나

교수 등은 알고 있긴 하지만, 지하가 대학교를 눈에 띄지 않고 조용히 다니고 싶다고 요청해서 비밀로 할 수 있었다.

허나 지하는 굳이 오빠의 존재가 아니더라도, 눈에 띌 수밖에 없었다.

부모님의 우성 유전자가 지우가 아니라 둘째인 지하에게 몰린 덕분일까, 오빠와 달리 미모가 상당한 편이었다.

거기에 성적도 우수하고, 조금 무뚝뚝한 게 흠이지만 나름대로 주변 사람들에게 친절하여 인기도 있었다.

덕분에 '신입생의 개 알아?' 라고 하면 대부분 지하를 말하게 되는 정도로 인기를 끌게 됐다.

당연히 그 인기에 알맞게, 남학생들에게 몇 번이나 대쉬를 받았으며 그중 한 명이 이재웅이었다.

"죄송해요. 아까 친구들이랑 먹고 와서요."

그렇지만 연애에는 관심이 없어서 대쉬를 받아도 전부 거절하거나 회피했다.

'적어도 취업 전까지 연애에 한눈을 팔면 안 돼.'

어릴 적부터 부모님과 오빠가 항상 자신의 학업을 위해서 희생하며 뒤를 봐주었다.

비록 지금은 대학 등록금 정도는 아무렇지 않게 낼 수 있을 정도로 부자가 됐다곤 하지만, 그렇다고 과거에 가족들의 고생과 사랑이 사라지는 건 아니다.

지하는 스스로 가족들에게 보답하기 위해서라도 대학교 입학 이후에도 결석이나 지각 한 번 하지 않고 학업에만 열중했다.

물론 지우처럼 딱히 아웃사이더 기질이 있는 건 아닌지라, 대인관계도 좋은 편이었고 또 공부 외에 시간이 남으면 친구들과 함께 밥을 먹거나 쇼핑을 가는 정도는 했다.

"그래? 그럼 커피 한 잔 어때? 근처에 좋은 곳 하나 알고 있어."

"전 괜찮아요. 공부할 게 좀 남아 있거든요."

"하하."

고민 한 번 하지 않고 칼 대답이 들려오자 이재웅은 재미있다는 듯이 웃었다.

'튕기는 맛이 있어서 좀 봐주려고 했는데…….'

주변의 시선이 신경 쓰여 아무렇지 않게 웃고는 있지만, 그 속은 전혀 달랐다.

'나에게 굴욕을 줘?'

이재웅은 여태껏 상대가 몇 살이건, 어떤 직업을 갖고 있건, 유부녀이건 간에 단 한 번도 차인 적이 없었다.

그는 외모는 말할 것도 없는데다가, 명문대 입학도 돈으로 해결할 수 있을 정도로 집안이 빵빵한 청년이었다.

대학교 졸업만 하면 부모님의 휘광으로 인해 출세 길을 뚫려 있는 것이나 마찬가지이고, 이미 자신의 이름으로 세워진 건물도 상당했다.

어떤 여자건 간에 외제차와 부모님에 대해서 적절하게 떡밥만 던지면 항상 황홀한 얼굴로 다리를 벌리곤 했다.

재벌가의 따님들도 많이 오는지라 전부는 아니지만, 그렇지 않은 여성들은 대부분 이재웅의 손에 거쳐 갔을 정도다.

"……후우, 야, 너네."

자존심이 크게 상한 이재웅은 험악한 눈초리로 강의실에 남아 있는 학생 중 몇몇을 살피며 말했다.

"나가라."

"네?"

"나가라고."

"아니, 당신은 누군데 우리보고 이래라 저래라야? 여기가 어떤 대학인지 알고 뭔 같잖은 똥군기를……."

남학생 중 한 명이 어이없다는 듯이 웃으며 뭐라 반발하려했다. 그러나 옆에 있던 다른 남학생이 깜짝 놀라며 팔을 붙잡고 귀에 뭐라뭐라 속삭였다.

무언가의 말을 들은 남학생의 안색이 창백해졌다.

"죄, 죄송합니다."

"네 친구 때문에 산 줄 알아라."

이재웅은 험악한 눈길로 째려본 뒤에 얼른 꺼지라는 듯 턱 끝으로 문밖을 가리켰다. 그러자 강의실에 있던 학생들 대부분은 도망치듯이 바깥으로 나갔다.

"……뭐하는 짓이죠?"

지하는 전공서적을 품에 안은 채로 눈살을 찌푸렸다.

"하여간 태생이 미천하고 공부만 하다가 온 년들은 이래서 안 돼. 아까 그놈이나 너나 나에 대해 잘 모르는구나?"

이재웅은 첫 번째 단추를 풀어 헤치고 지하를 비웃었다.

"자성무역이라고 들어봤지? 잘난 척하는 것 같아서 말 안하려고 했는데, 그쪽의 높으신 분이 바로 우리 아버지야."

이재웅이 괜히 거들먹거리는 게 아니다. 그만큼 자성무역의 위상이 높기 때문이었다.

리즈 스멜트와 함께 한국을 대표하는 대기업, 자성 그룹 내에서도 자성무역은 그룹의 모체가 되는 자성중공업 다음으로 가는 대기업 규모와 매출을 지니고 있다.

자성무역 자체만으로 연 매출 4조 원에 육박한다고 하

니, 확실히 그곳의 높으신 분이 아버지라면 아까 학생들이 순순히 이재웅의 말에 따른 것도 이상한 것이 아니었다.

"교수진은 물론이고 대학교 총장조차도 나한테는 어떻게 하지 못해. 이게 무슨 뜻인지 알아? 마음만 먹으면 인맥을 이용해 너 한 사람 정도는 엉망으로 만들 수 있다는 뜻이야."

"……."

"주워들은 이야기인데…… 너 대학 보내려고 부모님이랑 오빠가 뼈 빠지게 고생했다며? 넌 머리도 좋으니까 내가 무슨 말 하려는지 잘 알 거야."

이재웅이 비릿하게 웃었다.

"물론 그렇다고 나도 양심 없게 공짜로 어울려달라는 건 아니야. 요즘이 그렇게 취업난이라던데, 졸업 뒤에는 자성무역 쪽에서 괜찮은 자리 하나 꽂아줄게. 그리고……."

이재웅은 뒷주머니에서 가죽 지갑을 꺼내 백만 원짜리 수표 몇 장을 꺼내 입술을 질끈 깨물고 있는 지하에게 건넸다.

"요즘 세상이 좀 그렇잖아. 네 입장에서도 날 완벽히 믿을 수 없으니까, 이렇게 매일 용돈도 쥐어줄게. 내가 여자한테 이렇게까지 호의를 베푼 적은 별로 없으니까 어디 가서 자랑해도 좋…… 어?"

어깨를 으쓱이면서 신나게 자랑하던 이재웅이 말을 멈추고 눈을 동그랗게 떴다.

방금 전까지 손에 쥐고 있던 수표가 눈 깜빡할 사이에 사라진 것이다.

"재벌가 자제분이라서 그런지 씀씀이가 좋으시네."

이재웅이 몸을 흠칫 떨며 얼른 등 뒤를 돌아봤다. 불과 몇 초 전까지만 해도 아무도 없던 강의실 내부에 핏을 잘 살린 정장 차림을 한 청년이 수표를 쥐고 서 있었다.

"넌 또 뭐야?"

"……오빠?"

지하가 살짝 놀란 목소리로 중얼거렸다.

"뭐?"

오빠라는 말에 이재웅은 얼굴을 와락 일그러뜨렸다.

"뭐야, 정지하. 너 안 그런 척하더니 설마 남자 친구 있었냐?"

"어어, 큰일 날 소리 하지 맙시다. 전 남자 친구가 아니라 지하의 친오빠예요."

지우가 기겁하는 얼굴로 격렬하게 손사래를 쳤다.

친동생이랑 스캔들이라니, 상상만 해도 끔찍했다. 아무리 여동생이 사랑스럽고 소중하지만 근친은 질색이다.

가끔 막장 드라마에서 출생의 비밀을 알게 되고도 '남매지만 상관없어!' 라면서 야반도주를 하는 클리셰가 종종 있는데, 피가 이어 있지 않다면 모를까 친남매의 사랑은 굉장히 싫어하는 편이었다.

"오빠, 왜 여기에……."

"지하야. 오빠가 이재웅 씨랑 평화적으로 대화 좀 하고 싶은데 자리 좀 비켜 줄래?"

지우는 여동생을 안심시켜주기 위해 부드럽게 웃었다. 전혀 화가 나지 않은 얼굴이었다.

"하지만……."

"괜찮아, 지하야. 좋게 해결하려고 하는 거니까 걱정할 필요 없어."

뭐라 말 하려던 지하는 오빠의 말에 입을 꾹 다물고 잠시 생각에 잠긴 듯 눈을 감았다.

그리고 약 십초가량의 짧은 시간이 지나자, 평소처럼 예의 무표정한 표정으로 고개를 주억거렸다.

"알았어."

이에 지하는 소지품을 챙기고 종종 걸음으로 이재웅을 지나쳐 지우의 가슴을 주먹으로 가볍게 툭 쳤다.

"그리고 부탁이니까 바보 같은 짓 하면 안 돼. 나 때문에 오빠가 곤란해지는 걸 보고 싶지 않아."

지하도 바보가 아니다. 자신의 오빠가 사회에서 어떤 지위인지는 잘 알고 있다. 그래서 혹시라도 자신의 일 때문에 언론에 관심을 받는 등 민폐를 끼치고 싶지 않았다.

"그래, 주차장에 사람들 몰려 있는 곳이 있을 거야. 눈에 띄는 자동차 하나 있으니까, 거기 근처에서 기다리고 있어."

"응."

지하는 짧게 대답하곤 강의실 바깥으로 나갔다.

"씨발, 누가 남매 아니랄까 봐 가지가지 하시네."

강의실에 둘만 남자마자 이재웅이 욕설을 내뱉었다.

"이봐요, 오빠 분. 왜 남의 일에 끼어들어요?"

"남이 아니라 가족인데요."

"아니, 지금 그걸 말하는 게 아니잖아요. 정지하가 막말로 애도 아닌데, 다 큰 여동생의 일에 왜 오지랖을 떨고 지랄입니까?"

경어를 쓰고 있지만, 이재웅의 말은 전혀 곱지 않았다.

다된 밥에 재 뿌리는 것도 아니고, 정지하에게 당한 굴욕을 되갚아 줄 수 있는 순간에 가족이 나타나서 마음대로 상황을 정리했다. 마음에 들 리가 없었다.

"어디보자……."

이재웅은 눈을 가늘게 뜨고 지우의 차림새를 훑어봤다.

'입고 있는 옷은 제법 괜찮긴 하지만…… 그렇게까지 대단한 건 아니네. 꼴을 보니까 면접용이겠지?'

이재웅은 어릴 적부터 고등 교육을 받아왔지만 머리가 그다지 좋은 편은 아니었다. 그래서 대학교 입학을 위해 상당한 돈을 지불하고 들어와야 했다.

그래도 이재웅은 자기를 치장하는 것에는 상당히 관심이 많아 명품 브랜드에 대해선 훤히 알고 있었다. 덕분에 명품에 대해서 잘 알고 있었고, 사람들의 옷차림을 보고 대충 어떤 재력을 지니고 있는지 대충이나마 알 수 있었다.

지우의 복장을 보고 별거 아니란 걸 파악했기에, 이재웅은 거리낌 없이 막나가기 시작했다.

"그리고 그건 또 언제 가져갔어요? 히야, 혹시 정지하 등록금도 그 귀신같은 손버릇으로 번 거 아닙니까?"

이재웅은 수표를 쥐고 서 있는 지우에게 다가가 이죽거리는 얼굴로 그를 내려다봤다.

"저기, 저 때문에 혹시 화가 많이 나셨나요?"

"그걸 말이라고 하냐? 응?"

오른손을 주머니에서 꺼낸 이재웅은 검지로 지우의 이마

를 밀어내면서 기분 나쁘게 웃었다.

“가만히 있는 거 보면 네 여동생과 달리 넌 내가 누군지 아나 봐?”

“당연히 모를 리가 없죠. 그래서 말인데…… 화가 나셨으니 때릴 게 필요하지 않습니까?”

“뭐?”

“그래서 제가 제안 하나 해드리려고 합니다. 이걸 받는 대신 제가 화풀이용으로 맞아드리겠습니다. 어떤가요?”

이재웅은 이마를 밀어내던 검지를 뚝 멈추더니, 이윽고 소리 높여 크게 웃었다.

“푸, 푸하, 푸하하! 이 새끼 이거 완전 걸작 아니야? 하하하하하!”

이렇게 통쾌할 수가!

설마하니 지 스스로 돈을 요구하면서 대신 맞아주겠다고 나설 줄은 상상도 하지 못했다.

예전에 모 기업가가 매 값을 내주는 대신에 야구방망이로 직원을 구타했다고 해서 괜찮은 방법이라고 생각했었는데, 설마 이렇게 스스로 찾아올 줄은 몰랐다.

이재웅은 흡족하게 웃으면서 지갑에서 수표 세 장을 더 꺼내 지우의 주머니에 친절하게 넣어줬다.

"역시 오빠라서 그런지 사회생활을 할 줄 아네. 멍청한 대학생들과는 달라. 암, 좋아. 내가 이것도 얹어 줄 테니까 몇 대 더 때려도 괜찮지?"

"음."

"크크크, 역시 돈으로 안 되는 건 없다니까?"

이재웅은 겉옷을 아무렇게나 벗어던지고 오른팔을 빙글 빙글 돌리면서 몸을 풀었다. 이재웅의 눈이 사납게 번들거렸다.

"자, 그럼 이 악물어라!"

이재웅은 자신만만하게 외치고 회전력을 담아서 지우의 뺨을 향해 주먹을 날렸다.

동작이 워낙 커서 복싱 경기에선 잘 쓰이지 않는 라이트 스윙(Swing)이지만, 제대로 들어가기만 하면 펀치 중에선 강력한 위력을 자랑하는 기술이었다.

빠아아악!

시원스러운 소리와 함께 주먹이 정확히 상대방의 왼뺨에 처박혔다. 주먹에서 짜릿짜릿한 감각이 느껴졌다.

"……어?"

그러나 무언가가 이상했다. 주먹이 제대로 들어간 건 확실한데, 정작 맞은 사람은 고개 하나 돌아가지 않고 무덤덤

한 표정을 짓고 있었다.

"뭐, 뭐야?"

이재웅은 패션 외에 운동에도 상당한 노력을 쏟았다. 실제로 일주일에 몇 번은 꼬박꼬박 스파링을 했고, 복싱 코치에게도 아마추어 선수 급은 된다며 칭찬받았다.

그래서 내심 자신만만하게 맞겠다는 지우를 속으로 비웃고 있었는데, 예상과 달리 상대가 너무 멀쩡했다.

"정당방위네?"

여태껏 무표정을 지었던 지우가 처음으로 웃었다.

"이 악물어, 이 씨발 새끼야."

짝!

이재웅의 머리가 꺾이듯이 돌아갔다.

'뭐지?'

뺨에서 느껴지는 고통에 의문이 들었다. 이윽고 머리 전체가 앵앵 하고 울리면서 두 다리에 힘이 풀리기 시작했다.

이재웅은 다리를 부들부들 떨면서 자신에게 일어난 상황을 이해하지 못하고 시선을 아래로 떨어뜨렸다.

이빨 하나가 피에 뒤섞여 강의실 바닥에 뒹구는 것이 눈에 들어왔다.

"뭐……?"

이재웅이 아직까지도 어안이 벙벙한 얼굴로 머리를 들어서 지우를 쳐다봤다.

이에 지우는 왼손에 휴지 조각처럼 쥐고 있던 수표 한 장을 꺼내서 이재웅의 발밑에 던졌다.

“네가 스스로 돈으로 안 되는 건 없다고 했잖아. 그래서 나도 매 값을 준비했어.”

짝!

“컥!”

외마디 비명과 함께 이재웅의 머리가 이번엔 반대 방향으로 돌아갔다. 이번엔 지우의 손바닥이 자신의 뺨을 후려친 것을 똑똑히 알 수 있었다.

“너, 너흐 이 새키…… 머하는 지히…….”

지우가 왼손에 있는 수표를 죄다 던졌다. 수표가 이재웅의 얼굴에 맞고 낙엽처럼 떨어졌다.

“어허, 인마. 더 얹어줄 테니까 걱정 마. 나도 양심 없게 공짜로 어울려달라는 건 아니야.”

제5장

그놈의 입이 문제

짝!

이재웅의 고개가 다시 화려하게 되돌아갔다.

"음, 이빨 요정도 감동할 정도로 뛰어난 솜씨구나."

바닥에 굴러다니는 이빨을 보고 지우가 만족스럽게 웃었다.

"우와아악!"

빠진 이빨을 보고 눈이 돌아간 이재웅은 눈이 돌아간 채로 괴성을 내질렀다. 그리고 힘껏 레프트 스윙을 날렸다.

쐐애액!

바람을 가르면서 주먹이 턱을 노리고 들어오는 것이 보였다. 확실히 프로에 견줄 정도는 아니지만 상당한 수준의 속도였다. 그러나 지우의 입장에선 하품이 나올 정도로 느릿느릿한 속도일 뿐, 그 이상 그 이하도 아니었다.

"어허, 이 새끼. 귀 터지겠다."

지우가 오른팔을 세워서 주먹을 가볍게 막아 냈다.

"오른뺨을 맞으면 왼뺨을 대라."

짜아아악!

따귀치곤 무겁게 울려 퍼지는 소리와 함께 다시 한 번 이재웅의 고개가 돌아갔다. 이빨이 빠진 건 두말할 것 없었다.

"음, 이빨 요정이 보면 눈이 돌아갈 만한 광경이네. 하지만 저런 쓰레기의 이빨 따위 가져가지 않을 거야. 요정을 모욕할 수 없는 법이지."

일반인이라면 이해할 수 없는 개소리를 내뱉으면서 지우가 음산하게 웃어 댔다.

"너, 너 감히 내가 누군지 알고 건드려?"

"야, 너무 그러지 말아라."

지우는 웃는 얼굴로 쓰러진 이재웅에게 다가갔다. 그러곤 뒷주머니에서 지갑을 꺼내 만 원짜리 지폐를 꺼내 이재웅에게 휙휙 던졌다.

"매 값이 필요하면 험한 말 쓰지 말고 점잖게 말해야지. 알 사람이 왜 그런데?"

"개새끼야, 지금 뭐하는 짓거리야!"

"뭐하는 짓이긴, 네가 아까 했던 행동 그대로 하는 거지. 돈이면 안 되는 게 없다며? 그럼 너도 넘어가 줘야지. 아, 혹시 돈이 좀 부족해서 그래?"

"넌 뒈졌어. 날 이렇게까지 때려? 그냥 넘어갈 수 있다고 생각하지 않는 게 좋아. 내가 누군지 알아?"

이재웅이 비릿하게 웃으면서 같은 질문을 반복했다.

"너야말로 내가 누군지 잘 모르는 모양이네. 나야, 나. 요즘 한창 잘 나가고 있는 정지우 대표 이사."

대표 이사라는 말에 이재웅도 그제야 지우의 정체를 알아챘다. 그러나 이재웅은 전혀 겁먹은 모습이 아니었다.

"하하하, 그래. 믿는 구석이 있어서 뭔가 했는데 그런 거였냐? 좋아. 정지하가 미천한 서민이란 건 취소하지."

"와, 보면 볼수록 골 때리는 새끼네."

뒤늦게 배경을 듣고 서민 취급하지 않겠다고 하다니, 솔직히 머리를 열어서 뇌의 상태를 확인하고 싶었다.

드라마에서 나올 법한 썩어 빠진 재벌가의 자제가 현실

에 존재할 줄은 정말 상상도 하지 못했다.

"그런데 겨우 그런 걸로 나한테 덤벼? 상대를 잘못 골랐어! 한혜숙 회장님이 우리 외할머니다, 이 씨발 새끼야!"

"호오, 높으신 분이라고 해서 누군가 했는데 설마 그렇게까지 높을 줄은 몰랐네."

지우도 살짝 놀란 표정을 지었다.

한혜숙이라면 세계에서 가장 영향력 있는 여성 중에서도 상위권에 이름을 올린 거물 중의 거물이었다.

그야 그럴 것이, 한혜숙은 자성 그룹의 회장이며 한도공의 친누나이기 때문이었다. 모를 리가 없다.

"하아……."

지우가 한숨을 푹 내쉬었다.

"이제 좀 알겠어? 감히 겨우 그런 걸로 거들먹거려?"

이재웅도 듣는 귀가 있으니 로드 기업에 대해선 잘 알고 있었다. 그 위상도 국내에서 높은지 알고 있다.

하지만, 그래 봤자 신생 기업일 뿐이다. 국내에서 오랫동안 수좌를 차지했던 자성 그룹에 비해선 조족지혈이었다.

규모도 인맥도 매출도, 그 어떤 것도 뒤지지 않는다.

"급이 다르고, 이 새끼야!"

"재웅아, 재웅아, 이재웅아……."

지우는 한숨 섞인 목소리를 내면서 이재웅의 뺨을 장난치듯이 툭툭 쳤다.

"확실히 자성이 대단한 건 나도 알아. 한혜숙 회장도 정신머리가 좀 썩긴 했지만, 능력 면으론 대단하니까."

예전에 테마파크 사업 관련으로 한도정과 만나면서 리얼라이즈 랜드에 관한 일화를 들었다.

그래서 호기심이 생겨 자성 그룹에 대해 조사한 적이 있었고, 회장인 한혜숙에 대해서도 알아본 적이 있었다.

종합적인 평가를 내려 보자면 한혜숙의 인성은 과연 인간이 맞을까 할 정도로 쓰레기였다.

그러나 능력적인 면으로 뛰어난 걸 부정할 수는 없었다. 비록 자기 아버지의 유산과 사업체를 모두 물려받았긴 했으나, 그걸 끌어올려 리즈 스멜트와 함께 세계적인 대기업으로 성장시킨 건 한혜숙 본인이었다.

"그런데 그건 네 할머니 얘기고, 딱히 네가 대단한 건 아니잖아."

짜악!

이재웅의 머리가 다시 한 번 돌아간다. 이제 슬슬 목이 괜찮을지 걱정이 될 정도다.

"그렇지?"

한숨을 푹푹 내쉬면서 쓰러진 이재웅을 세웠다. 그리고 손가락을 잡고 힘을 주었다.

"뭐, 뭐하…… 끄아아악!"

우드득!

뼛 소리가 요란하게 울리면서 이재웅의 비명이 이어졌다. 검지와 중지가 기형적인 각도로 꺾였다.

"재웅아, 솔직히 말할게. 네가 돈이나 집안만 믿고 온갖 패악질을 저질러도 난 신경은 쓰지 않았을 거야. 그런데, 있잖아. 넌 잘못 건드렸어."

지우는 손가락이 꺾여 소리 없는 비명을 지르고 있는 이재웅의 멱살을 쥐어 잡고 거리를 좁혔다.

"감히 내가 누군지 알고 건드려?"

지우는 토씨 하나 틀리지 않고 아까 이재웅이 했던 말을 반복했다.

"잘 들어, 난 자성이건 뭐건 간에 눈곱만큼도 신경 쓰지 않는 사람이야. 그걸 똑똑히 알려 줄게."

악마가 귓가에 속삭였다.

이재웅은 잠깐, 하고 말하려 했으나 이윽고 비명이 터져 나왔다. 어느새 자리에서 일어난 지우가 발끝으로 복부를 후려친 것이다.

"너도 지금까지 이런 걸 즐겼을 거야. 부모 이름 들먹이고, 돈 뿌리면서 안하무인처럼 행동했겠지. 그럼 나도 똑같이 되돌려줄게. 너, 누구 때리고 돈으로 해결한 적 있었지? 피해자가 된 느낌은 어때?"

"끄아아아악!"

이재웅은 도대체 자신에게 무슨 일이 벌어나는지 이해할 수 없었다. 온실 속 화초처럼 자라 온 그는 허벅지를 누르면서 근육과 함께 뼈를 뭉개는 폭력에 정신없이 비명만 흘러댔다.

"사양하지 말고 받아. 매 값이야."

이재웅이 도망가지 못하도록 발로 고정하고, 지갑에서 다시 만 원짜리 지폐 몇 장을 꺼내 이재웅의 얼굴에 던졌다.

"그, 그만……."

"왜, 너도 누가 그만해 달라고 하면 그만했냐? 보아하니 그런 것 같지 않은데 말이야."

"으아아, 이 미친놈아! 그만하란 말이야! 네가 무사할 줄 알아? 고소할 거야! 고소할 거라고! 누가 나 좀 도와주……."

이재웅은 제정신을 차리지 못하고 소리를 꽥꽥 질러 댔

다. 누구라도 상관없으니 이 지옥 같은 고통에서 벗어나게 해 줬으면 했다.

"난 말이야. 그렇게 어수룩한 사람이 아니야."

이 일이 공론화 되면 굉장히 귀찮아진다. 양로원이나 기부로 쌓아 올린 이미지도 그렇고, 앞으로 언컨쿼러블이나 디스페어 등 할 일이 많아서 시간을 빼앗길 수 없었다.

그래서 강의실에 들어오기 전 여러모로 손을 써두었다.

소리를 차단시켜 주는 상품을 구입해서 강의실에 설치했고, 일렉트로를 이용해 감시카메라도 마비시켰다.

이재웅이 하나뿐인 여동생에게 하는 말을 바깥에서 듣고 꼭지가 돌 정도로 화가 났으나, 그래도 뒷수습을 위해서 이렇게 철저한 준비를 해 두었다.

"너도 소란이 나지 않도록 강의실에 있던 다른 학생들 부와 권력으로 내쫓았잖아. 그럼 날 이해해 줄 거야."

"대체 무슨 방법으로……."

아무리 그래도 그렇지, 이렇게 고통스럽게 비명을 질렀는데도 한 사람도 들어오지 않는 건 이상하다고 생각했다.

감시카메라를 향해 몇 번이나 부러진 팔을 흔들어봤지만 묵묵부답. 그 누구도 강의실 내부로 들어오지 않았다.

이런 짓은 이재웅조차도 하지 못한다. 그리고 로드 기업의 대표 이사가 이 정도로 정계나 재벌계에서 힘을 자랑한다는 말은 들어보지도 보지도 못했다.

"어때, 네가 했던 방식으로 당하는 기분은?"

딱딱딱!

이재웅은 난생처음으로 원시적인 폭력에 두려움을 느꼈다. 신이나 마찬가지인 한혜숙을 제외하곤 그 누구도 무서워한 적이 없었다. 아니, 그 할머니에게조차 이런 무지막지한 폭력을 당한 적은 없었다.

"이, 이거 놔! 나는, 나는 한혜숙 회장님의 손자야! 자성의……."

"난 로드의 대표 이사 정지우다, 이 새끼야."

* * *

주차장에는 많은 사람들로 북적였다. 아벤타도르 슈퍼벨로체를 구경하기 위해서였다.

"지하야, 많이 기다렸어?"

구경꾼들 무리 사이에 지하를 찾아볼 수 있었다.

"오빠, 괜찮아?"

지하가 살짝 걱정 어린 얼굴로 물었다.

"응, 나야 괜찮지. 그보다 여기 너무 시끄러우니까 자리 옮기자. 오빠 차 뽑았으니까 드라이브나 할……."

"됐어, 오늘은 걸어갈래."

지하가 몸을 돌려 거부했다.

"엑, 왜?"

"너무 눈에 띄잖아. 이래선 오빠에 대해 비밀로 하고 학교에 다닌 의미가 없는걸."

이렇게 많은 관심 속에서 차량에 탑승한다면 하루아침에 소문이 날 것은 뻔한 일이었다.

이에 지우는 울상을 짓고 따끈따끈한 새 차를 뒤로한 채 지하의 뒤를 따랐다.

소란스러운 대학교를 뒤로하고, 가로수 길에 접어들자 지하가 침묵을 깨고 물었다.

"오빠, 이재웅 선배랑 무슨 일 있었어?"

"별 대단한 일은 아니야. 떨어뜨린 돈을 주워드리고, 잘 타일러서 보냈어. 너한테 경솔한 행동을 해서 미안하다고 전해 달래. 연애에 익숙하지 않아서 그런 실수를 저질렀대."

미리 머릿속으로 준비해 뒀던 대사를 말했다. 몇 번이나 연습한 덕분에 혀에 기름칠이라도 한 듯 매끄럽게 거짓말이 나왔다.

"……정말 무슨 일 있는 건 아니지? 싸운 건 아니지?"

지하가 잠시 발걸음을 멈추고 아래에서 위로 오빠를 올려다봤다.

웬만한 남자들도 가슴을 움켜 쥘 정도로의 파괴력이었다.

"그, 그게…… 좀 치고 받고 하긴 했어. 그런데 심각할 정도는 아니야. 걱정 마."

다른 사람이라면 모를까, 소중한 가족이 이렇게 물어보니 천하의 지우도 말을 더듬으면서 당황한 모습을 보였다.

이에 지하는 눈을 게슴츠레 뜨고 말없이 지우를 쳐다보다가, 한숨을 푹 내쉬면서 다시 앞으로 걸었다.

"다치지 않은 걸 보니 거짓말은 아닌가 보네. 오빠는 싸움도 못하니까 조심해야해."

싸움을 못해?

"그리고…… 고마워."

아까 전, 이재웅의 행동에 화가 난 건 지하도 마찬가지였다. 다른 건 몰라도 부모님과 오빠를 욕하는 건 참을 수 없었다. 진지하게 학교를 그만 둘 각오도 했다.

"뭘, 오빠라면 당연히 해야 할 일이니까."

"……바보."

지하의 입가에 미소가 번졌다.

* * *

강남자성병원

통칭 자성병원이라 불리는 이 병원은 이름을 보면 알다시피 자성그룹 — 자성생명에서 운영하는 병원이다. 또한 자성병원은 국내에서도 세 손가락 안에 들어오는 종합병원으로, 그 규모만 해도 놀랄 정도로 크다.

삐익, 삐익, 삐익

한 사람이 들어가기에는 다소 화려해 보이는 특급병실 내, 침대 위에는 이재웅이 산소 호흡기를 달고 누워 있었다.

"……누구야."

병실 앞, 중년 남성이 진노한 얼굴로 소리를 질렀다.

"범인이 누구냐고, 이 새끼들아!"

병원에서 고성을 지르는 건 당연히 해서는 안 될 상식 중 하나이다. 만약 그런 짓을 했다간 간호사가 보안요원과 함께 날아와 친절하게 병원 바깥으로 내쫓을 것이다.

허나 이 남자 앞에선 그러한 상식이 통용되지 않는다. 그가 이재웅의 아버지이며, 또 한혜숙의 사위인 동시에 자성무역의 최고경영자인 이재창이다.

시간을 거슬러 며칠 전에 일어난 일이다.

의사에 말에 의하면 병원 앞에 웬 청년이 버려져 있었는데, 신원을 확인해 보니 이재웅이었던 것이다.

당연히 한혜숙의 손자가 죽기 직전까지 다쳐서 길바닥에 누워 있었으니, 자성병원은 발칵 뒤집혔다.

곧바로 외과의 내과의 등 전문의란 전문의는 죄다 불러서 급히 수술하고, 자성병원 중에서도 출입이 제한된 최고층의 특급 병동으로 안내해 입원시켰다.

외국에 있던 이재창은 사고뭉치이긴 하지만, 그래도 아들이 심하게 다쳤다는 소식을 듣자마자 일을 최대한 빨리 끝내고, 전용기를 이용해 한국으로 속히 귀국했다.

그리고 의사에게 이재웅의 몸 상태에 듣게 된 이재창은 하늘이 노래지는 기분을 맛보게 됐다.

발견됐을 때의 이재웅은 허리 부분에 있는 요추(腰椎)를 비롯하여 손가락과 두 다리가 죄다 골절됐다.

거기에 모자라 근육에까지 큰 손상이 갔으며, 얼굴 또한 피멍으로 가득해 처음 봤을 때 과연 자기 아들이 맞나 싶었다. 눈은 퍼런색 멍으로 팅팅 불었고, 코는 함몰됐다.

이빨은 노인네처럼 죄다 빠졌고, 턱 뼈도 어긋나서 한동안은 음식 하나 제대로 씹지 못한다고 했다.

최고의 의사진들을 불러 놓았지만, 이재웅은 누가 봐도 참혹할 정도로의 피해를 입었다.

의사에게서 이건 사고가 아니라, 누군가에게 폭력을 당한 것 같다는 말을 듣고 이재창은 이성을 잃었다.

"죄, 죄송합니다. 사장님. 감시카메라 영상을 확인해봤는데 어찌 된 영문인지 갑자기 나타난 것처럼……."

"그게 말이라고 해!"

이재창이 화를 참지 못하고 비서실장의 뺨을 주먹으로 후려쳤다.

주변에 있던 경호원이나 부하 직원이 몸을 움찔 떨었다.

"죄송합니다."

비서실장은 딱히 잘못이 없는데도 머리를 숙이며 사과했다.

"후우, 후우…… 재웅이 마지막 행적은 어디야?"

"대학교 점심시간 대에 강의실에 들어가는 것까지는 확인됐으나, 당시에 강의실뿐만 아니라 복도의 감시카메라 영상까지 고장 나서 이후 행적이 묘연합니다. 그리고 몇 시간 뒤에 병원에서 갑자기 나타났…….”

짜악!

비서실장의 머리가 화려하게 돌아갔다.

“지금 나랑 장난해? 응?”

하필이면 그때 감시카메라가 모조리 고장 났고, 마술이 일어난 것처럼 병원 앞에서 만신창이가 되어 나타났다.

우연이라고 치기에는 너무 말이 잘 맞는다.

“그럼 목격자는?”

“없는 것 같…….”

“잘 들어, 또 한 번 없다, 모른다 같은 헛소리를 지껄이게 되면 네 직함도 없애버리겠어!”

“…….”

비서실장은 아무 말도 하지 못하고 서 있었다. 입가에서 피가 흐르는데도 닦을 생각조차 하지 못했다.

이재창은 분노에 몸을 파르르 떨면서 고함을 질렀다.

“흥신소건 뭐건 간에 상관없으니까 수단과 방법 가리지 말고 내 아들 건든 놈 찾아서 데려다 놔! 그렇지 않으면 너희는 집에 못 들어갈 줄 알아! 알아들었어?”

“예!”

*　　*　　*

강의실에서 이재웅은 정신이 붕괴될 정도로 맞았다. 도중에 울며불며 그 잘난 자존심을 굽히고 손바닥을 비비며 빌 정도였다. 그만큼 지우가 행한 폭력은 압도적이었다.

당연히 그 부탁을 가볍게 무시하고 다시 패버린 뒤, 죽기 직전에 텔레포트를 이용해 남들 몰래 병원으로 이송했다.

A.A를 통해서 증거를 조작한 덕분에, 정체를 들킬 염려도 없었다.

목격자의 경우도 강의실 바깥에서 기다리다가 학생들이 나가는 걸 보고 얼굴을 확인한 뒤, 알렉산드라에게 부탁해서 기억을 잊게 만들었다. 정말 편리한 능력이다.

"확실히 하얼빈에서 날 살려주는 대가로 사업을 도와주겠다고 했지만 이런 자잘한 뒤처리를 해 준다고 한 적은 없었던 걸로 기억하는데."

"이것도 다 사업에 관련된 일이니까 너무 그러지 마."

지극히 개인적인 일이다.

"그러니까 이걸로 좀 봐줘. 이렇게 보여도 항상 널 위해서 이렇게나 많이 준비한다고."

지우는 돈을 대신할 뇌물, 초코파이를 건넸다.

알렉산드라를 위해서 초코파이를 준비하는 건 정말 빈말이 아니라 제법 상당한 노력이 들었다.

녹지 않도록 일정한 기온을 유지하도록 냉장고에 넣어두고, 그에 알맞게 홍차 등을 준비해 주었다.

"먹을 걸로 어영부영하게 넘어가려는 건 마음에 안 들지만, 그래도 그 성의를 거절하진 않겠어."

알렉산드라는 눈을 반짝이면서 초코파이를 입에 머금었다.

"좋아, 그럼 이제 임원들 면접을 보러 가보실까."

이재웅의 일도 대충 처리했고, 가족들과 함께 귀국 기념으로 단란한 시간을 보냈다.

면접날이 되자마자 지우는 예전에 한소라가 맞춰준 정장차림을 하고 회사에 이사전용차량을 타고 이동했다.

오늘 면접을 볼 사람들은 총 여섯 명이었다.

신입사원들이라면 지원자들로 북적이겠지만, 임원을 뽑는 자리기에 그다지 많지 않았다.

면접관은 지우와 박영만이 직접 맡았고, 일인면담을 통해 이루어졌다.

"안녕하십니까, 정지우 대표 이사입니다."

면접자들은 겉으로 내색하지 않았지만, 대부분 지우를

보자마자 상당히 놀라워했다.

'TV에서 보는 것보다 더 젊어 보이는군.'

'허나 나이가 어리고 일반 가정에서 성장했다 하여도 무시할 게 아니다.'

'눈앞에 있는 사람은 국내에서도 모르는 사람이 없을 정도로 유명한 기업가야. 선견지명으로 세이렌을 인수하고, 그 외에 사업으로 고속 성장한 대기업의 오너다.'

면접자들은 대부분 고학력 출신에, 타 기업에서도 주요 요직을 맡았던 경력이 있는 사람들이었다.

그런 사람들이 진심으로 인정한다는 건, 그만큼 국내에서 정지우라는 사람의 위상이 높다는 걸 알 수 있었다.

'여섯 명 정도라, 많진 않지만 이정도면 충분하지. 그리고 미리 박영만 사장에게 부탁해서 거르고 거른 진짜배기 사람들이니까.'

면접 일정을 잡기 전, 지우는 박영만에게 소문이 좋지 않고 소위 말하는 '꼴통' 부류면 볼 것도 없이 거절하라고 했다.

이에 예전부터 부정부패나 비리 등을 싫어했던 박영만은 좋아하면서 흔쾌히 그러겠다고 답했다.

'어디보자……이름은 업산학.'

제일 먼저 본 업산학은 삼십 대 중반 정도 나이에, 카이스트에서 산업공학을 전공하여 학사 학위를 땄다.

그 이후로는 국내의 여러 기업들을 걸치면서 컨설턴트를 해 온 경력이 있었다.

그중 하나는 리즈 스멜트나 자성 정도는 되지 않지만 그래도 나름 대기업도 거쳐 간 흔적이 보였다.

'계측 펜에 의하면 죄다 세모인가.'

양로원이 아니기에 봉사지수를 제외하고 성실도와 성향을 계측해 본 결과, 전부 세모가 나왔다.

좋지도 나쁘지도 않은 보통이라서 좀 애매했다. 그래도 나쁜 것은 아니니 대화할 가치는 있다.

다만, 대화하면서 약간의 문제가 생겼다.

"헌데, 면접자들 중에서 여성분도 계시더군요."

"예, 한 분 있습니다."

"이런 말하기 정말 뭐하지만…… 일반 사원이라면 모를까, 임원 중에 여성분이 포함되는 건 좋지 않다고 생각합니다. 전에 있던 회사에서 육아를 내세워 회의에 참석하지 않던 일이 번번이 있더군요. 그리고 여성인권이다 뭐다 내세우면서……."

"흠."

업산학이 어떤 말을 하건 딱히 상관없었다. 면접 시간도 기본적으로 한 시간을 줬고, 원한다면 연장도 가능했다.

또한 이야기의 주제도 비교적 자유를 줬다. 딱히 개인사를 주저리주저리 떠들어도 상관은 없었다.

면접관인 두 사람은 딱히 아무런 제지를 하지 않고, 가만히 들었다.

그리고 약 십여 분 정도의 시간이 지나자, 업산학이 이야기를 끝냈다. 이에 지우는 책상 위에 올려 둔 빈 양식의 이력서를 꺼내 손가락으로 툭툭 두들겼다.

"업산학 씨, 자사의 이력서를 보시면 타사의 것과 좀 다르다는 걸 알 수 있을 겁니다."

"예, 신상 정보란이 없더군요."

취업을 준비하는 사람이라면 누구나 아는 사실이지만, 이력서에는 신상 정보를 기입란이 있다.

"우리나라 입장에선 좀 특이하긴 하지만, 외국에선 흔히 볼 수 있는 양식입니다. 아마 업산학 씨라면 알고 계실 겁니다."

업산학은 뒤늦게 자신이 실수했다는 걸 깨달았다.

"한국에서 살아왔던 어떤 한국인이 외국으로 이주하게 되면서, 취업하기 위해 한국에서 했던 것처럼 나이나 성별을 비롯하여 신상 정보를 기재하고 사진까지 동봉하여 취업을 희망하는 회사에 보냈습니다. 그러나 얼마 있지 않아서 서류심사조차 들어가지 못하고 반송됐지요. 이유가 무엇인지 아십니까?"

"……."

"부적절하다고 판단됐기 때문입니다."

한국에서 이력서에 가족 관계뿐만 아니라, 그 외에 나이나 성별을 포함하여 사진을 동봉하는 건 당연한 일이다.

그걸 부적절하다고 반송하다니, 한국인 입장에선 이해할 수 없는 일이었다.

"외국에선 대부분 입사지원자들을 나이나 성별, 그 외에도 인종이나 외모 등으로 차별하는 걸 막기 위해서 이력서에 사진을 붙이거나 나이와 성별을 기재하는 걸 금지하고 있습니다."

"……."

"본사에서 필요한 건 능력 있는 인재일 뿐이지, 그 사람이 남자건 여자건 나이가 많건 적건 간에 상관없습니다. 설사 백인이나 흑인이라 하여도 한국말 잘하고, 체류에 문제없고, 능력이 있다면 채용할 겁니다."

업무능력에 관련 있는 경우라면 신상 정보를 물어봐야겠

지만, 솔직히 관련이 있을 리가 없었다.

나이와 몸무게와 성별이 무슨 문제가 있는 걸까. 전혀 문제가 되지 않는다.

"그렇다고 업산학 씨의 의견을 전부 무시하는 건 아닙니다. 피치 못할 사정이 아니었다면 몇 번 정도 눈감아 주겠지만, 만약 정말로 지속적으로 회의에 불참하고, 육아에 신경 써서 성과가 거의 없다시피 하면 저도 퇴사를 권고할 겁니다."

성별로 차별할 생각은 없다. 지우는 기본적으로 능력만 있으면 뭐든 상관없다고 생각한다.

물론 회사의 이미지에 피해가 가고, 또 훗날 자신의 뒤통수를 후려칠 정도로 인성이 좋지 못한 자는 예외다.

적당한 인성에, 능력만 좋다면 어떻건 간에 상관없다.

막말로 설사 전과자라고 해도, 계측 펜을 통해서 죄다 동그라미 이상을 받는다면 채용할 생각도 있다.

다만, 다르게 말한다면 능력이 없다면 결코 채용할 생각은 없다는 의미였다.

"제가 원하는 건 업무 능력이지, 남자나 여자가 아닙니다. 인조인간이 와도 일만 잘한다면 고용할 것이고, 그만큼 대우해 줄 겁니다."

업산학은 아무 말하지 않고 머리를 아래로 떨어뜨렸다.

"업산학 씨의 마음을 이해하지 못하는 건 아닙니다만, 일반화는 좋지 않다고 생각합니다. 만약 본사에 그런 일이 있다면, 사정을 듣고 업무 수행에 문제가 생긴다면 협상을 통해서 다른 사람으로 직책을 바꿀 겁니다. 그게 로드입니다."

"대표님……."

누구보다 충성심을 자랑하는 박영만이 그 말을 듣고 살짝 감동했다.

"유감입니다만, 아무래도 귀하는 저희 로드에는 맞지 않는 것 같습니다. 박영만 사장님, 배웅을 부탁드리겠습니다."

"알겠습니다."

업산학은 눈앞에서 면접결과를 듣고 입술을 질끈 깨물었다. 뭐라고 반론을 하려 했으나, 지우의 강고한 표정을 보고 할 수 없이 박영만과 함께 면접실 문을 열고 나갔다.

그리고 혼자 남은 지우는 한숨을 후, 하고 쉬더니만 등받이에 몸을 기대면서 중얼거렸다.

"졸라 멋있어……."

그놈의 입이 문제다.

제6장
악마의 바이올리니스트

[속보] 로드, 새로운 길, 새로운 임원

[수목일보=송상철 기자] 최근 무시무시한 속도로 성장한 '로드'에 새로운 바람이 불었다. 여태껏 세이렌의 CEO인 박영만(45)을 제외하고 단독으로 로드를 지휘했던 정지우(26) 대표 이사가 임원들을 고용했기 때문이다. 이에 정지우 대표 이사는 "중소기업일 때는 어떻게 해 왔지만, 이 이상은 무리입니다. 기업 망하기 전에 인재를 데려와서 도움 좀 받아야죠."라고 답했다.

정지우 대표 이사와 함께 로드를 이끌어 갈 인재는 총 두 명이다. 먼저 최고운영책임자로 취임한 이영운(36) COO는 세계적인 경영대학 펜실베이니아 와튼스쿨 경영학부 학사이고 미국 보스턴에서도 컨설턴트로 활동한 경력 등이 있다.

최고재정책임자로 취임한 김제경(37) CFO도 역시 만만치 않다. UC 버클리 대학으로도 알려진 캘리포니아 대학교에서 경제학을 전공하고, 캘리포니아 주에서 회계사 자격증을 보유하고 있다.

또한, 나이를 보면 알 수 있다시피 로드의 임원들은 타 기업에 비해서 젊다. 외국에선 흔한 일이지만, 아직 우리나라의 경우 임원 대부분이 사십 대 혹은 오십 대라는 걸 생각하면 로드가 젊은 세대의 반격으로…….

업산학을 제외하고 다른 다섯 명은 정말 비슷비슷했다. 능력도 그렇고, 희망 연봉도 그렇고, 성격도 별다른 문제가 없어 보였다.

그래서 계측 펜으로 수치가 제일 안정된 사람을 임원으로 뽑은 결과 이영운과 김제경이 됐다.

참고로 김제경은 업산학을 떨어뜨리게 만든 장본인인 유일한 여성 면접자였다.

“좋아, 이제 숨 좀 돌릴 수 있겠어.”

임원이 둘이나 늘어난 것만 해도 정신없던 하루를 조금이나마 여유를 가지고 시작할 수 있었다. 부디 두 사람이 연봉을 받는 만큼 일해 줬으면 했다.

참고로 언론사에서 상당한 관심을 보였다. 기사도 상당히 많이 났다.

“대표님, 그런데 어째서 사원이 하나도 없습니까?”

이영운은 취임하자마자 로드의 기업 현황을 살펴보고 경악을 금치 못했다. 요정들을 제외하곤 정규직 사원이 단 한 명도 없다는 것에 입을 다물지 못하는 건 당연한 일이었다.

이에 지우는 웃으면서 ‘그래서 제가 임원들을 새로 구한 겁니다.’ 라면서 별거 아니라는 듯이 답했다.

이에 이영운은 지우의 능력에 진심으로 감탄했다.

그렇다면 대기업에 분류되는 로드를 여태껏 거의 혼자서 도맡아왔다는 의미다. 이영운 입장에선 지우가 인간을 초월한 초인으로 보였다.

물론 세이렌에 독자적으로 지우를 보좌하는 부서가 있긴 했지만, 알아보니까 어디까지 반 정식에 가까웠다. 애초에 세이렌에 있는 사원들이 임시로 일하는 것뿐이었다.

"존경합니다."

"네, 저도 압니다."

그야말로 뻔뻔함의 극치!

박영만과 한소라의 뒤에 매미처럼 찰싹 붙어서 고혈을 빨아드는 것에 불과한 지우가 입에 침도 안 바르고 당당하게 거짓말을 했다.

어쨌거나, 이영운은 제일 먼저 채용 공고를 올렸고, 김제경과 함께 선임이었던 박영만에게 인수인계를 받았다.

대표 이사인 지우는 간간이 질문이나 결제 서류가 올라오면 대충 확인한 뒤에 일 처리를 했고, 로드의 첫 시작이기도 했던 로드 카페 본점 근처에 건물 한 채를 구입해서 본사 건물로 이용하기로 했다.

"자고로 이런 걸 전문용어로 '개꿀'이라고 하지."

힘들고 더러운 일을 인재들에게 모조리 맡기고, 책상에 앉아서 돈만 받아내니 날아갈 것만 같았다.

우웅

"응?"

책상에 발을 올려놓고 휴식을 맛보고 있던 도중, 스마트폰에서 진동이 울렸다.

— 지우 씨, 이번에 신곡 발표 기념으로 공연을 할 생각이에요. 혹시 괜찮다면 보러 와 주실래요?

요새 한창 세계적인 가수가 된 윤소정이었다.

— 네, 갈게요.

그러고 보니 리얼라이즈 랜드에서 본 이후로 이것저것 바쁜지라 연락을 안 하고 살았다. 지우는 속으로 반성했다.

'다른 누구도 아니고 소정 씨에게 관심을 끊다니, 그럴 수 없지. 날 이 자리에 앉혀준 사람 중 하나니까.'

뮤직 비디오만 올리면 튜브에서 매번 최다 조회수를 올리면서 매번매번 기록을 경신하는 사람이 윤소정이다.

웬만한 튜브 스타 뺨을 후려치고도 남을 정도로, 데뷔 이후 한 번도 떨어지지 않고 상승 곡선을 그리는 윤소정은 전설이라 칭해질 정도였다.

중국에서 성공적인 진출 이후, 아시아뿐만 아니라 아메리카 대륙까지 명성을 떨친 월드 스타다.

당연히 그녀가 벌어들이는 돈은 정말 천문학적 수준이었으며, 투자자인 지우도 그만큼 많은 돈을 받았다.

솔직히 카페나 버거도 만만치 않지만, 가희의 음원 판매 수익은 비교를 불허할 정도로 많았다.

"아, 마침 잘됐다."

지우는 무엇인가 떠올린 듯 윤소정에게 메시지를 보냈다.

— 괜찮다면 지인이랑 함께 가도 될까요?

— 여자인가요?

— 네, 여자인데요.

— 괜찮지 않지만 괜찮아요.

메시지를 본 지우가 미간을 찌푸리면서 머리를 기울었다.

"……? 뭔 소리지. 유행어인가?"

최근의 유행어는 따라가기 참 힘들다고 생각했다.

"뭐, 괜찮다고 하니까 상관없겠지. 마침 소라 씨에게 볼 일도 있었으니까, 함께 처리하면 되겠다."

아직 호아킨의 유산을 처리하지 못했다. 현물로 남은 예술품을 어떻게 처리할지 몰라서 한소라에게 도움을 청할 생각이었다. 그래서 언제 약속을 잡을까 고민하고 있었는데, 마침 윤소정이 공연을 초대해 줬다.

"네, 여보세요. 소라 씨, 접니다."

* * *

윤소정의 신곡 발표 기념 공연은 송파구에 위치한 잠실 실내체육관에서 열렸다. 약 이만여 명을 수용할 수 있는 크기로 실질적인 좌석규모는 13,595석이다.

"너무 작은 거 아니야?"

이에 윤소정의 팬들은 입술을 삐쭉 내밀며 불만을 호소했다. 그녀가 평범한 가수도 아니고, 월드 스타인데 겨우 이 정도 규모냐고 투덜됐다.

거기에 이만 명을 수용할 수 있다고 해도, 윤소정 팬덤은 국내에서도 규모가 크기로 유명하다. 실제로 공연 예매가 시작되고 3분도 되지 않아서 순식간에 팔렸다.

그날 팬클럽 홈페이지에선 예매하지 못한 사람들이 슬퍼하거나 화를 내면서 '영만이 형, 일 제대로 못하냐?' 혹은 '지우야. 돈 많으면 공연장부터 지어라!' 라는 식의 악성 덧글이 올라오곤 했다.

확실히 팬들의 마음을 이해 못 하는 건 아니다. 윤소정이 외한공연에 나가면 최소 오만 명 이상 수용할 수 있는 스타디움에서 공연한 경험도 있었기 때문이었다.

그러나 이번 공연은 애초에 장기 계획을 가지고 공여한 게 아니라, 소규모 목적으로 열린 신곡 발표 기념 콘서트다.

팬덤 입장에선 아쉽지만, 어차피 윤소정이 공연을 안 하는 것도 아니니 다음을 기약할 수밖에 없었다.

한편, 잠실실내체육관 내 대기실에선 묘한 분위기가 흐르고 있었다.

"소정 씨는 여전히 음악 활동을 열심히 하시는군요. 신곡 작업 무사히 끝낸 것을 축하드립니다."

윤소정에게 꽃다발을 건네면서 지우가 말했다.

"네, 고마워요."

꽃다발을 받은 윤소정이 살짝 웃으면서 답했다. 그러나 왠지 모르게 웃는 게 어딘가 모르게 무서워보였다.

윤소정은 새치름한 표정으로 지우를 물끄러미 쳐다보더니, 생긋 웃으면서 말했다.

"그런데 저번에 보신 분이 아니네요."

윤소정은 지우가 여자와 함께 온다고 하기에, 저번에 리얼라이즈 랜드에서 봤었던 김수진을 생각했는데 아니었다.

"……안녕하세요."

한소라가 실망 반, 경계 반이 뒤섞인 복잡한 표정을 지었다. 그 얼굴만큼 한소라는 심경이 복잡했다.

'데이트인 줄 알았는데…….'

해피 타임 사건 이후, 지우와 사이가 어색해져서 어찌해야 할 줄 몰랐던 한소라는 그가 먼저 연락을 해 와서 무척 기뻤다. 거기에 모자라 그가 '함께 공연 보러 가실래요?'

라고 물어봤을 땐 사춘기 소녀처럼 날뛰면서 좋아했다.

그런데 정작 만나보니 그녀가 기대했던 것과는 많이 달랐다. 이 바보머저리는 예술품 경매장에 대해서 물으며 사업 얘기를 꺼냈고, 또 가희를 찾아가서 친절하게 인사했다.

'혹시 이 두 사람 사이에 정말 무슨 일 있던 거 아닐까?'

한소라도 가희에 대해서 안다. 또 예전에 있었던 스캔들에 대해서도 들은 바가 있었다.

하지만 당시에 장본인들이 아무것도 아닌 사이라며 언론에서 공표했고, 또 한소라가 봐도 지우는 딱히 열애를 하는 것 같지는 않았다.

그래서 신경이 좀 쓰이긴 했지만, 아무것도 아닐 것이라 생각했는데 정작 윤소정과 만나니 전혀 아니었다.

'저건 아무리 봐도 여자의 얼굴인데…….'

대기실에 들어서자마자 윤소정은 지우를 보고 부드럽게 웃었다. 사랑에 빠진 소녀의 얼굴이었다.

그러나 이윽고 자신을 봤을 때 얼굴이 살짝 굳는 걸 보고 가슴이 철렁 가라앉았다.

'나도 저런 얼굴을 했겠지.'

한소라는 속으로 한숨을 푹 내내 쉬더니만, 무언가 떠올린 듯 쌍심지를 켜고 지우에게 시선을 돌렸다.

"잠깐, 저번에 보신 분이라니…… 지우 씨, 그건 무슨 소리인가요?"

"아, 예전에 친구랑 테마파크에 놀러 갔다가 우연찮게 소정 씨랑 만났거든요. 지인이랑 온다고 해서 아마 소정 씨가 소라 씨를 그 친구로 착각한 모양입니다."

지우가 별거 아니라는 듯 설명했다.

"아, 그나저나 아직 서로 소개를 안 해드렸네요. 이쪽은 알다시피 가희로 알려진 윤소정 씨이고, 저와 함께 오신 분은 사업 파트너인 동시에 리즈 스멜트에서 곧 있으면 부사장이 될 한소라 씨입니다."

참고로 한소라는 최근 회사 내부에서 거의 만장일치로 능력을 인정을 받아 부사장 후보에 오르게 됐다.

아직 어린 편이긴 하지만, 어릴 적부터 후계자 수업을 받고 성격과 능력 또한 우수해서 부사장에 오르는 건 예정된 일이었다. 무엇보다 할아버지와 아버지가 그 한도공과 한도정이니 말이다.

"반가워요."

"저도 반가워요."

윤소정과 한소라가 눈을 마주치면서 악수를 했다.

"못된 상관을 두셔서 고생하시겠네요."

한소라가 어떤 동질감을 느꼈는지 살짝 웃었다.

"네, 저런 못된 사람을 파트너로 두시다니…… 이해해요."

윤소정도 살짝 웃으면서 인사했다.

그러나 어째 겉만 웃는 것 같은 느낌이 들었다. 두 여자의 눈에는 동질감 반, 경계심 반이 뒤섞여 있었다.

"언제 한 번 따로 만나 뵈어서 이야기하고 싶어요."

"네, 지우 씨가 일본에서 어떤 동영상을 수입했는지에 대해서 가르쳐 줄 테니 지우 씨 친구분에 대해서 가르쳐 주실 수 있을까요?"

"물론이죠."

"음."

호아킨의 무력을 목격했던 것처럼 위기감이 느껴졌다.

'역시 둘 다 입담이 장난이 아니야. 사람을 앞에 두고 굳이 돌려 말해서 욕을 하는 솜씨에 절로 손뼉을 칠 정도구나. 언젠가 이 둘이 힘을 합쳐서 나를 엿 먹일지도 모르겠어. 조심하자.'

착각도 이 정도면 병이 아닐까 싶었다.

윤소정과 한소라는 은근히 서로 잘 맞는 부분이 있었는지, 간간이 지우를 거론하면서 대화를 나누었다.

정작 초대된 지우는 여자들의 수다에 끼지 못하고 병풍처럼 서 있었다.

똑똑

"대표 이사님, 슬슬 준비하셔야 할 시간입니다."

매니저가 문을 열고 들어와 공연 시간을 알렸다.

"두 분은 어디에 앉아 계시나요?"

"저희는 무대 뒤편입니다. 팬들을 위한 공연이기도 하고, 제가 소라 씨랑 있는 게 기자들에게 발견되면 좀 귀찮아져서요. 소라 씨도 다시 변장 부탁드립니다."

참고로 한소라와 괜한 스캔들로 얽히는 것을 우려하여, 공연장에는 따로 왔다.

"그럼 공연 끝나고 뵐게요."

한소라가 생긋 웃으며 인사했다.

"네, 그럼 이따가 뵙겠습니다."

* * *

빛 한 줌 없는 공연장 내부는 암흑으로 가득 차 아무것도 보이지 않았다. 옆에 있는 사람도 보이지 않을 정도였다.

간간이 팬들의 기침 소리만 들릴 뿐, 침묵으로 가득했다.

이윽고 몇 분이 지나고, 약간의 웅성거림이 생길 무렵 무대에서 화려한 불꽃과 함께 조명이 켜졌다.

와아아아아!

"윤소정! 윤소정! 윤소정!"

"가희! 가희! 가희!"

윤소정의 등장에 팬들이 응원 봉을 흔들며 환호했다.

이윽고 격렬한 바이올린 연주와 더불어 피아노와 함께 반주가 흐르면서 가희가 마이크를 쥐고 노래를 시작했다.

잔잔한 선율이 흐르는 발라드가 아니라, 우울증에 걸린 사람도 벌떡 일어나게 만들 정도로 경쾌하고 힘 있는 느낌의 노래였다.

'이 정도일 줄은 몰랐어.'

무대 뒤편에서 노래를 들은 한소라는 가희를 넋을 잃고 멍하니 쳐다봤다.

세간에선 윤소정에 대한 평가 중 이런 말이 있다.

"노래를 들어도, 영상으로 봐도 대단하지만 그녀의 무대에 가면 모든 걸 빼앗긴 자신을 찾을 수 있다."

윤소정은 명성에 비해서 노래나 춤, 연주와 작곡이 그다지 뛰어난 건 아니다.

물론 그렇다고 아마추어 정도라는 건 아니었다. 어릴 적부터 가수가 되기 위해서 피나는 노력을 한 결과, 충분히 전문가라 불릴 정도의 실력은 됐다. 다만 음악계 역사상 여제라 칭송될 정도의 실력은 아니라는 말이다.

그런 윤소정이 국내뿐만 아니라 해외에서도 인기를 끌게 된 건, 당연하다시피 님프에 의하여 개방된 아우라다.

청중을 지배하고, 매료시키고, 알렉산드라의 마인드 컨트롤 정도는 아니지만 그에 견줄 정도로의 압도적인 분위기.

그 분위기에 사람들은 열광하고 사랑에 빠진다.

한소라 역시 그 힘에 전율하고, 매료됐고, 빠져들었다.

윤소정이 부탁만 하면 뭐든지 들어줄 것만 같은 기분이 들었다.

'어머, 벌써 끝났나.'

세간의 평대로, 모든 걸 빼앗겼다.

마음뿐만 아니라 시간까지 말이다.

반주가 서서히 바뀌면서 노래가 바뀐다.

또 다른 신곡이 튀어나오자, 관객들이 환호하면서 소리를 질렀다. 귀가 앵앵 울릴 정도로 큰 함성이었다.

"와, 괜히 가희, 가희라고 하는 게 아니네요. 그렇지 않나요?"

한소라가 가볍게 손뼉을 치면서 지우를 쳐다봤다.

"……."

그러나 대답은 들려오지 않았다. 지우는 진지한 얼굴로 무대 쪽을 말없이 물끄러미 쳐다보고 있었다.

이에 한소라는 무언가 깨달은 표정을 지었다.

'소속사 대표라서 그런지 공연을 제대로 즐기지도 못하나 보네. 일도 좋지만 좀 더 여유를 가지셔도 좋을 텐데.'

그녀는 그가 가희의 음악을 마음 편히 감상조차 못하는 걸 보고 무척이나 아쉬워했다.

윤소정 본인도 지금의 지우를 보면 왠지 모르게 입술을 삐쭉 내밀어 심통을 낼 것 같았다.

자고로 여자에게 일에 미친 남자만큼 비호감인 남자는 없으니까 말이다.

'아, 이번에는 발라드네.'

감성을 자극하는 감미로운 운율이 들리자 한소라는 다시 고개를 돌려서 공연에 집중했다.

"와, 사람이 어떻게 저럴 수 있을까."

"윤소정의 공연 준비는 저번에도 했지만, 솔직히 볼 때마다 익숙해지지 않는다니까."

"저번엔 음향 감독님께서 리허설이라는 것도 잊고 반주

를 계속해서 트셨다는데?"

"괜히 가희가 아니잖아."

공연으로 한창 바쁠 스태프들도 뒤편에서 떠드는 대화소리가 들렸다. 그만큼 윤소정은 모든 사람들을 열광시켰다.

그러나 — 단 한 사람만은 달랐다.

이 자리에 있는 단 한 명만은 결코 아니었다.

그 사람에게 가희의 노래는 들리지 않았다. 아니, 애초에 시선조차 그녀에게로 향하지 않고 있었다.

'왜냐.'

지우는 이를 뿌드득 갈았다. 잠실실내체육관을 가득 메운 함성과 노래가 아니었다면 한소라가 눈치챘을 것이다.

'왜 네가 여기에 있지?'

암흑이 걷히고, 조명에서 빛이 쏟아지는 순간부터 그의 시선을 줄곧 연주자들 중 한 명에게 향하고 있었다.

'대체 왜 네가 그곳에서, 연주를 하고 있는 거야?'

윤소정의 아우라에 의하여 묻혔지만, 만약 그녀가 없었더라면 한눈에 들어올 외국인 미녀가 있었다.

중세 시대의 귀부인을 절로 떠올리게 만드는 우아한 자태와 아름다움을 지닌 미녀는 바이올린을 턱과 시선, 그리고 어깨와의 평행을 유지한 채 활(fiddle bow)로 공연 처음부터 연주하고 있었다.

'율리아 카우프만…….'

분노로 떨림이 멈추지 않는다. 주먹을 쥔 손에 힘이 절로 들어가고, 손톱이 살을 파고들면서 피가 흘렀다.

초재생능력으로 인하여 금세 피가 멈추고, 손톱자국이 난 살이 정상 복구됐다.

그는 혹시라도 공연에 빠진 한소라가 눈치챌까 봐 얼른 마음을 진정시키면서 정신을 똑바로 차렸다.

"잠시 화장실 좀 다녀오겠습니다."

괜한 의심을 받지 않기 위해서 대충 둘러낸 뒤, 몸을 돌리곤 윤소정의 매니저를 찾았다.

"히, 히익!"

매니저는 대표 이사가 험상궂은 얼굴로 자신을 똑바로 쳐다보면서 성큼성큼 걸어오자 겁부터 먹었다.

세이렌에서 대표 이사에 대한 악명은 상당히 자자하다. 거기에 기자들이나 높으신 분들도 쉬쉬하는 남자가 자사의 대표 이사가 아닌가? 공포로 인해 몸이 절로 떨렸다.

"매니저님, 잠시 얘기 좀 합시다."

"대, 대표님 죄송합니다!"

겁먹은 매니저는 허리를 깍듯이 숙이며 일단 사과부터

했다. 뭣 때문인지도 모르겠지만 자신이 잘못한 것 같았다.

이에 지우가 쓰게 웃으면서 손사래를 쳤다.

“그런 거 아니니 오해하지 마십시오. 몇 가지 여쭤 볼 게 있어서 그렇습니다. 일단 대기실로 가시죠.”

“예!”

지우는 매니저를 데리고 윤소정의 대기실에 들어갔다.

“지금 공연장에서 바이올린을 연주하고 있는 율리아 카우프만에 대해서 아시는 바가 있습니까?”

“아, 예, 당연히 알고 있습니다. 세계적인 바이올리니스트가 아닙니까?”

“질문을 잘못했군요. 그녀가 왜 이곳에서 연주하고 계신지 알고 있습니까?”

“네, 넵. 중국 진출 초기에 소정이가 베이징으로 해외공연을 갔을 때 우연찮게 만났다고 합니다.”

“우연찮게?”

“예. 마침 그날 율리아 씨가 베이징에서 열린 바이올린 경매에 참여했다고 합니다. 경매가 끝나고 관광을 하다가 우연히 공연을 봤는데, 소정 씨의 노래가 마음에 들어 연주자를 맡고 싶다면서 박영만 사장님께 저번 달에 문의를…….”

저번 달이라는 말에 얼굴이 딱딱하게 굳었다.

'제기랄. 하필이면 호아킨의 유산을 처리하려고 해외에 나가 있을 때잖아.'

세이렌의 경영에 대해선 박영만에게 일임했지만, 그래도 주요 일정에 대해선 보고가 올라오는 편이었다.

그러나 호아킨의 유산 일로 눈코 뜰 틈 없이 바빴던 저번 달에는 보고도 올리지 말고 알아서 처리하라고 말해 뒀다.

헌데 하필이면 그 기간에 윤소정과 율리아가 접촉했다.

'후우, 그리고 하필 율리아라니……재수도 없지!'

멕시코에서 호아킨의 기억을 흡수한 뒤, 동맹원들에게 두 조직에 관한 정보와 새로이 동맹원으로 받아들일 백고천에 대해서 가르쳐 주었다.

'하오문과 알렉산드라의 정보를 이용해서 다른 조직원들 정보부터 수집하고 있었는데…….'

앱스토어의 정보 시스템을 이용할 수 없으니, 별수 없이 그녀들의 힘을 빌렸다.

다만 한꺼번에 동시에 조사할 수는 없어서, 차례차례 한 사람씩 주시하면서 위치 등의 정보를 모으고 있었다.

문제는 율리아에 대한 정보는 후순위인지라 그녀에 대해선 아직까지 제대로 파악하지 못하고 있었던 점이었다.

그래서 율리아가 최근 한국에 입국한 걸 놓치고 말았다.

정말 운이 나빠도 너무 나빴다.

"저…… 대표 님, 혹시 무슨 문제라도 있으십니까?"

"아닙니다, 괜찮습니다. 단독 연주회도 능히 열 수 있는 분께서 공연에 참여해 주셔서 놀랐을 뿐입니다."

"아, 네……."

"저 때문에 시간 빼앗겨서 죄송합니다."

"아, 아닙니다."

"다시 일하러 가셔도 됩니다. 그리고 정말로 무슨 큰일이 아니니까 그렇게까지 걱정 안 하셔도 됩니다."

지우가 놀라게 해서 미안하다는 얼굴로 멋쩍게 웃었다.

그제야 매니저도 안도한 얼굴로 고개를 끄덕이곤 대기실을 나가며 문을 조심스레 닫았다.

"씨발!"

문이 닫히자마자 지우가 욕설을 내뱉으면서 허벅지를 주먹으로 후려쳤다.

'무엇인가가 어긋났다.'

쿵, 쿵, 쿵!

공연장에서 들려오는 드럼을 치는 소리가 아니다. 자신의 심장에 크게 박동 뛰며 들리는 소리였다.

'이게 정말 단순한 우연이라면 놀랍지만 주의해야 할 일은 아니야. 그쪽은 나에 대해서 아는 게 없으니까.'

지우는 허벅지를 쥐어 잡으면서 생각에 잠겼다.

'하지만 만약에라도 그들이 나에 대해 알고 있다면 최악의 상황이다. 신분이 노출되는 건 예정됐지만, 너무 빨라.'

생각이 어지럽게 나열됐다. 가슴이 꽉 막힌 것처럼 답답하게 느껴졌다.

'소정 씨가…… 아니, 내 주변 사람이 위험해. 부모님도, 지하도, 수진이도, 소라 씨도…… 모두!'

자신이 모르는 위협이 도사리고 있다는 생각이 이렇게나 무서울 줄은 몰랐다.

공포와 불안이 치솟으면서 마음이 불안정해지자, 트랜센더스가 반응하면서 원상태로 되돌리려고 하고 있다.

'공연이 끝나고 죽일…… 수는 없지. 언컨쿼러블과 디스페어에게 의심을 받는다. 놓아줄 수밖에 없어.'

불온한 세력이 흑막으로 움직이고 있다는 걸 모르는 건, 결코 두 조직이 멍청해서가 아니다. 지우 측의 동맹이 워낙 은밀하고 철저하기 때문이었다.

세계적인 앱스토어 고객 조직의 일원이 공연이 끝나고 죽게 되면 의심하여 한국에 올 것이 뻔했다.

그들이 아직 한국에 관심이 없기에 망정이지, 조금이라도 관심을 주게 된다면 들키는 건 시간문제다.

'……지우야, 정지우. 정신 차리자. 아직 확정된 게 아니야. 어쩌면 정말 우연일 가능성도 있다. 소정 씨의 아우라에 이끌려서 온 것일지도 모르니까.'

아우라에 대해서 알고 있다면, 혹시나 윤소정이 앱스토어를 이용하여 아우라를 억지로 개방시킨 것은 아닌지 의심되어 단순히 조사하기 위해 방문했을지도 모르는 일이다.

'일단 만나 보고 판단하자.'

제7장

다음을 기약하면서 그녀를 떠나보내다

"율리아, 연주 고마웠어요. 제대로 정신 차리지 못했다면 주객전도가 돼서 제 노래가 묻혔을 거예요."

윤소정이 공손하게 인사했다.

"그렇게까지 날 띄워주니 영광이야. 이런 걸 동양에선 감개무량이라고 하던가?"

화려하진 않으나 우아한 느낌이 묻어나는 드레스 차림을 한 율리아가 놀라운 솜씨의 한국어로 말했다.

"나야말로 위험천만했어. 예전에 네 공연을 보지 않았다면 실수했을 거야."

“후후후, 천재 바이올리니스트가 이렇게까지 극찬해 주시니 저야말로 감개무량하네요.”

윤소정은 싫지 않은 듯, 입가에 미소를 그려냈다.

똑똑

“네, 들어오세요.”

문이 열리면서 지우와 한소라가 들어왔다.

짝짝짝

“정말 대단했어요, 소정 씨!”

한소라가 손뼉을 치면서 아직도 흥분이 가시지 않은 듯, 들뜬 목소리를 내면서 감탄이 섞인 칭찬을 쏟아 냈다.

재벌가의 딸로 태어나, 각종 행사에 참여하면서 수많은 가수들을 봤었지만 윤소정 같은 가수는 처음이었다.

아직까지도 심장이 진정되지 않는다.

“고마워요.”

윤소정이 눈웃음을 지으면서 답했다.

“아, 혹시 저희가 방해 했……어머, 당신은 혹시…….”

뒤늦게 율리아를 발견한 한소라의 눈에 이채가 서렸다.

“Guten Abend.”

율리아가 목례로 인사했다.

“아, 소개해드릴게요. 율리아, 이쪽은 저희 소속사 대표

이신 지우 정 대표 이사예요. 그리고…….”

윤소정이 한소라의 신분을 떠올리곤 잠시 머뭇거렸다.

“소라 한이라고 해요. 역시 율리아 카우프만이 맞으시네요. 많지는 않지만 귀하의 연주회에 몇 번 참여한 적이 있어서 당신에 대해서 약간이나마 알고 있답니다.”

한소라가 머뭇거리는 그녀를 대신해 자신을 소개했다.

“만나서 반가워요. 보다시피 한국어를 공부해서 구태여 성과 이름을 바꿔서 말하실 필요는 없어요. 그리고 리즈 스멜트의 영애께서 절 알고 계시다니 영광입니다.”

율리아 역시 한소라에 대해서 알고 있는 모양인 듯, 드레스 끝자락을 살짝 올려 우아한 몸짓으로 인사했다.

“소라 씨는 알고 계시니 소개할 필요는 없겠네요. 아, 하지만 지우 씨는 자세히 모르시죠? 이쪽은…….”

윤소정이 율리아를 대신하여 소개하려 했으나, 지우가 오른손을 들어 그녀를 제지하고 입술을 열었다.

“독일의 현대 바이올린의 거장 ‘카우프만’의 딸, 부친의 가업을 잇게 된 오빠와 달리 6세 무렵에 재능을 발견하여 바이올린 연마, 이후 11세에 예후디 메뉴인 국제 콩쿠르에 참여하여 1등상을 수상하고 17세에 유망한 신예 연주자에게 주는 에이버리 피셔 커리어 그랜트(Avery Fisher Career

Grant)상을 받으면서 화려한 데뷔."

"……흐응?"

"그러나 상을 받고 6년 동안 어찌 된 연유인지 모습을 비추지 않았죠."

율리아는 흥미 깊은 눈초리로 지우를 쳐다봤다.

"사람들의 기억에 잊혀질 때 즈음, 파가니니 국제 콩쿠르에 홀연히 나타나 악마의 바이올리니스트 니콜로 파가니니의 기교를 완벽하게 재현하여 화려하게 부활."

머릿속에서 호아킨의 기억이 선명하게 떠올랐다.

"그리고 이후 몇 년 동안 일어난 일은 바이올린 근대사를 송두리째 뒤집어 두었죠. 벨기에의 퀸 엘리자베스, 스위스의 티보바가, 미국의 인디애나폴리스, 러시아의 차이코프스키 등 국제 콩쿠르를 휩쓴 세기의 천재."

만약 윤소정의 아우라가 아니었더라면 이번 공연의 스포트라이트는 율리아에게 향했을 것이다.

아니, 애초에 세기의 천재 바이올리니스트라 불리는 율리아가 클래식이 아닌 장르의 연주자로서 참여한 것 자체가 이례적인 일이었다.

"그 경이로운 솜씨에 사람들은 니콜로 파가니니에 이은 악마의 재림이라 부르죠. 만나 뵙게 되어 영광입니다."

"지우 씨, 바이올린에 관심이 많으셨나요?"

윤소정이 굉장히 뜻밖이라는 얼굴로 물었다.

"바이올린도 바이올린이지만, 프로이라인(Fraulein) 카우프만의 개인적인 팬입니다."

프로이라인은 미스를 뜻하는 독일어다.

"독일어를 할 줄 아시나요?"

"예. 언젠가 제가 동경하는 바이올리니스트를 만나 뵙게 되면 부끄럽지 않도록 배워뒀습니다."

지우는 살짝 쑥스럽게 웃으면서 대기실 한쪽에 준비된 사인지와 펜을 건넸다.

"마음은 알겠지만 그렇게 거창하게 부르실 필요는 없어요. 율리아로 괜찮아요."

율리아는 사인지와 펜을 건네받아 화려한 손놀림으로 사인을 해 줬다.

"하하, 감사합니다. 솔직히 당신이 공연장에 나타난 이후론 눈을 떨어뜨리지 못했습니다. 괜히 천재 바이올리니스트로 불리는 게 아니더군요."

"이런, 마음을 이해 못 하는 건 아니지만 그러면 곤란해요. 오늘의 주역은 제가 아니라 제 친구니까요. 봐요, 당신 말에 섬세한 제 친구가 토라졌잖아요?"

"유, 율리아! 누, 누가 토라졌어요!"

윤소정이 당황하면서 소리를 빽 질렀다.

"그나저나 저도 당신에 대해 제법 궁금한 게 많아요. 무명에 불과했던 가희를 프로듀싱해서 세계 정상까지 올렸다고 들었거든요."

"그건 소정 씨가 대단해서 그렇습니다. 저야 운이 좀 좋았을 뿐이죠."

"겸손까지 두루 갖추시다니, 대단하시네요. 한 가지 여쭤 봐도 될까요?"

"네."

"소정을 가르친 건 당신인가요?"

율리아의 눈이 가늘어졌다.

"아니오. 말했다시피 소정 씨는 만나기 전부터 작곡, 연주, 가창력 등은 완성되어 있었습니다. 전 소속사가 여러모로 글러먹은 곳인지라 아쉽게도 재능을 썩혀두고 있었죠. 그래서 제가 투자하기로 마음먹은 겁니다."

지우가 머리를 좌우로 저으며 질문에 답했다.

"타고난 재능이었군요. 아쉽네요. 만약 그녀를 가르친 사람이 있었다면 꼭 한 번 만나 뵙고 싶었거든요."

"예, 아쉽네요. 그런 사람은 없으니까요. 그리고 재능뿐만 아니라 소정 씨의 끊임없는 노력도 있었으니 오해하지 말았으면 합니다. 괜찮다면 회사에서 그녀가 트레이닝하는 걸 구경시켜드릴 수도 있습니다만……."

사람이 아니라 요정이지만 말이다.

님프와 같은 이차원 존재는 현대 지구에서 이목을 끌 수가 없다. 그래서 예전에 윤소정에게 가르치면서 자신에 대한 존재에 함구령을 내렸다.

세계적인 가수가 되었는데도 님프를 존경하고 있는 제자는 스승에 대해 마음껏 자랑하고 싶었지만, 어쩔 수 없이 아쉬워하면서 그러겠다고 답했다.

'아우라에 대해 알고 있다.'

기본적으로 바이올린이라는 건 설사 천재라고 하여도 독학이 불가능한 악기이다. 그러다 보니 클래식, 특히 바이올리니스트들은 누구의 밑에서 가르침을 받았는지 굉장히 중요한 편이다.

그러나 윤소정은 바이올리니스트도 아니고, 클래식을 전공한 것도 아니다. 피아노를 배우긴 했지만 음악 학원에서 이름 없는 강사에게 배운 정도다.

그걸 모르는 것도 아닐 텐데, 계속해서 윤소정의 스승을 찾는 것이라면 그 이유는 뻔했다.

윤소정의 아우라가 타고난 것인지, 아니면 앱스토어의 문물로 인해 탄생한 것인지 궁금해하고 있다.

율리아는 윤소정과 구면인 듯하니, 아마 이미 그녀가 앱스토어와 무관하다는 걸 깨달았을 터. 사장인 박영만이나 대표 이사인 자신에게 정보를 캐려는 의도가 보였다.

'최악의 상황은 피했다. 이 여자는 나에 대해서 모른다. 소정 씨의 아우라의 출처를 궁금해 했던 거야.'

윤소정의 아우라는 델타 단계, 베타가 일반적인 장인의 경지라 하면 감마는 한 나라를 매료시킬 수 있는 단계다.

그리고 델타의 경우는 현재 윤소정을 보면 알 수 있다시피, 한류 스타나 월드 스타라 불릴 수 있다.

'결코 이상한 게 아니야. 감마는 그렇다 쳐도, 세계적으로 영향력을 떨칠 수 있는 델타에 오르면 의심할 만하지. 이걸로 확실해졌어. 율리아는 나에 대해 아직 모른다.'

입가에 절로 웃음이 번질 뻔했다. 그러나 의심받지 않기 위해서 머릿속을 최대한 차갑게 굳혔다.

"그렇게까지 친절하게 안내해 주실 필요는 없어요. 아, 혹시 지금 저에게 데이트 신청을 하시는 건가요?"

"……!"

데이트라는 말에 윤소정과 한소라가 동시에 몸을 움찔

떨었다.

“데이트라뇨, 무시무시한 말씀 하지 마십시오. 만약 연애라도 시작해서 당신의 연습 시간을 빼앗는다면 전 세계 바이올린 애호가들에게 욕을 먹을 겁니다.”

“당신은 겁쟁이군요. 제 기교는 바이올린 솜씨뿐만이 아니랍니다. 후회하실지도 몰라요?”

“콜록, 콜록!”

“무, 무, 무, 무슨……!”

율리아의 발언에 윤소정이 기침을 토하고, 한소라가 안경을 떨어뜨리면서 눈에 띄게 몸을 떨어댔다.

성적으로 보수적인 동양권 문화와 다르게, 독일인인 율리아는 꽤나 개방적인 모습을 보였다.

더더욱 무서운 건, 무뚝뚝한 어조와 더불어 안색 하나 바뀌지 않은 걸 보면 농담이 아니라 진담인 모양이었다.

“확실히 당신은 매력적이지만 저에겐 과분한 사람인 것 같습니다. 마음 같아선 좀 더 바이올린에 대해서 얘기하고 싶지만, 미팅 시간이 있어서 그건 좀 힘들 것 같군요.”

지우가 어색하게 웃으면서 시간을 확인했다. 그러곤 시선을 돌려 윤소정에게 목례로 인사했다.

“소정 씨, 오늘 공연 굉장했습니다. 신곡도 여전히 대단하시더군요. 마음 같아선 뒷풀이라도 하고 싶지만, 말했다시피 일 때문에 바쁜지라 넓은 아량으로 봐주시길 바랍니다."

"아, 네. 알겠어요."

아직 공황 상태에 빠져나오지 못한 윤소정이 얼떨결에 머리를 흔들면서 대답했다.

"소라 씨, 그럼 예의 건은 부탁드리겠습니다. 언제든지 연락해 주세요."

"네에……."

한소라도 별반 다를 것 없어 보였다. 예술품 경매장 일은 잘 알고 있을지 약간 걱정이 됐다.

"프로이라인, 율리아. 그럼 나중에 또 인연이 있다면 만나도록 하죠. 나중에 연주회 자리가 남는다면 한 장 부탁드리겠습니다."

"Auf Wiedersehen."

독일어로 격식 있는 인사를 받으며, 지우는 세 여성에게 손을 흔들어 인사한 뒤 문 바깥으로 나갔다.

이제 곧 윤소정의 사인회가 시작되기 때문일까, 복도에는 바쁘게 움직이는 스태프들이 보였다.

지우는 사람들 틈 사이를 지나쳐, 복도를 걷다가 자오웨에게 전화를 걸었다.

— 네.

"율리아 카우프만이 가희를 만나러 왔습니다."

— 혹시나 해서 하는 말이지만 싸우지 않았을 것이라고 믿어요. 그동안 은밀하게 움직인 노력이 허사로 돌아간 것이라면 도저히 화를 참아낼 자신이 없거든요.

"그런 거 아니니까 걱정하지 마십시오. 이참에 백고천도 소개시켜드릴 겸, 얼굴 한 번 보죠."

— 알겠어요. 어디서 만날 생각이죠?

"율리아가 한국에 있는지라 알렉산드라를 내보내기가 애매합니다. 눈에 띄지 않게 서울로 와 주셨으면 합니다."

— 그럼 그때 뵐게요.

"예."

전화를 끊은 뒤, 복도 끝 청소도구함 앞에 늘어진 쓰레기통들이 눈에 들어왔다.

지우는 사인지를 악력으로 북북 찢은 뒤, 쓰레기통에 떨어뜨리면서 속으로 생각했다.

'하필이면 언컨쿼러블도 아니고 디스페어의 일원이 내 주변 사람들을 알게 됐어. 소정 씨뿐만이 아니야. 소라 씨도 위험하다.'

기본적으로 정의의 조직인 언컨쿼러블은 그래도 인성적

인 측면에서 딱히 문제가 없다. 윤소정의 곁에 있는 것이 신경이 쓰여도 크게 걱정할 정도는 아니다.

그러나 율리아는 악마라는 이명에 걸맞게, 여러모로 문제가 있는 여자다. 그런 위험한 여자를 곁에 둘 수는 없었다.

'지금은 어쩔 수 없으니 놓아주지. 그렇지만, 다음에 볼 때는 기필코 죽여주마.'

* * *

며칠 뒤, 강남의 호텔에서 회의가 열렸다.

"묘하게 캐릭터가 겹치는 느낌인데요."

눈에 띄는 백발에 능글능글하게 웃고 있는 백고천을 살피면서 자오웨가 미간을 찌푸렸다.

"그렇게 경계하실 필요는 없답니다."

백고천이 능글맞게 웃으면서 어깨를 으쓱였다.

도플갱어가 감옥에 있는 백고천을 대신한 지도 어언 두 달이 되어 간다. 그동안 사회적 지위를 마음껏 먹은 덕분에, 대한민국 내에서 백왕교를 기억하는 자는 없다고 봐야 했다.

전과 자체까지 없애버리는 도플갱어의 능력은 확실히 대

단했으나, 전과와 함께 다른 인생들 또한 가져가 버렸다.

백고천의 경우, 어차피 원래부터 친하게 지낸 사람 따윈 없었으니 상관없다고 했지만 말이다.

어쨌거나 백고천은 도플갱어와 계약을 끝낸 뒤에 이제 자유롭게 돌아다닐 수 있었다.

다행히도 지우의 기억 속에 사라지는 일 따윈 없었다. 앱스토어의 고객이나 관리자들 경우는 예외로 치는 모양이다.

"자, 그럼…… 신입을 위해서라도 두 조직에 대해서 말해 주자고요."

가볍게 손뼉을 쳐서 주의를 환기시켰다.

"후우, 정말 아쉽네요. 이것들만 없었더라면 그쪽 백발이랑 손잡고 일찍이 당신을 처리했을 텐데……."

자오웨가 서류 다발을 들고 아쉬워하는 모습을 보였다.

"미안한 말이지만, 백고천이 전투 능력이 거의 없다시피 해서 그건 무리였을 겁니다. 그리고 날 빼고 언컨쿼러블과 디스페어를 상대할 자신이 있으면 한 번 해 보시던가요."

백고천을 동맹원으로 받아들이면서, 완벽한 균형을 이루던 동맹관계에 살짝 금이 갔다.

원래의 동맹은 알렉산드라라는 한 사람의 절대적인 힘

때문에 현상 유지를 이어 갔다. 지우를 죽이게 되면 알렉산드라를 견제할 힘이 없어서였다.

그렇지만 백고천이 들어오게 됨으로 그게 깨지게 되었으나, 딱히 큰 영향을 끼치는 건 아니었다.

백고천은 신성 술법을 익혀 전투 능력이 없는데다가, 무엇보다 앞으로 있을 싸움에 이길 자신이 없다.

자오웨는 호아킨을 직접 보기 전까지만 해도 언제나 지우의 목숨을 호시탐탐 노리고 있었다. 그러나 그들의 힘을 목격하고 생각을 동맹을 유지하는 것으로 생각을 고치게 됐다.

"농담에 그렇게 죽자고 덤벼드는 꼴을 보아하니 당신이 재미없는 남자란 걸 알 수 있겠네요."

자오웨가 코웃음을 쳤다.

"그쪽은 절 마음에 들지 않는다곤 했지만 전 당신이 마음에 드네요. 특히 정지우를 욕하는 게 마음에 드는데요?"

"전도할 생각이라면 꿈 깨요, 사이비 교주."

자오웨가 서류에 눈도 돌리지 않고 지나가듯이 말했다.

"이번 회의로 인해 적어도 언컨쿼러블과 디스페어는 우리보다 분위기가 좋을 것이라는 걸 알 수 있게 됐습니다."

지우도 무심한 얼굴로 지나가듯이 말했다.

"……난 농담을 하러 이 나라에 온 게 아니다."

칭후가 눈썹을 구부리면서 불만을 내뱉었다.

그야말로 개판 5분 전, 알렉산드라를 제외하고 이 네 사람이 협동 게임이라도 하게 된다면 채 10분도 되지 않아서 무참히 패배할 것은 안 봐도 뻔한 일이었다.

"언컨쿼러블부터 시작하지. 제임스 쿠퍼는 다들 알 것이라 믿고 루카스부터 시작하겠어."

알렉산드라가 한 손에는 초코파이를, 한 손에는 서류를 들고 말했다.

"루카스 피에나르, 연령 55세. 남아프리카 공화국 출신의 빈민이었으나 어릴 적부터 학구열이 굉장히 높아 노력 끝에 서아프리카의 아크라 대학교에 교수 제의를 받을 정도로 우수한 교사로 성장. 그러나 제의를 거절하고 고향에서 빈민층을 대상으로 자선으로 교육하고 있는 모양이야."

"그쪽 사이비는 안 봐서 모르겠지만, 루카스는 괴물 같은 염동력을 지니고 있어요. 특히 거리에 거의 제한이 없는 것 같으니까 조심하도록 하세요."

자오웨가 덧붙여서 설명했다. 아직도 그때의 광경이 생각난다는 듯 눈살을 찌푸렸다.

"특이사항으론 리더인 제임스 쿠퍼와 함께 언컨쿼러블

을 창설하였고, 나이가 많다 보니 여러모로 조언을 하는 등 정신적인 지주의 역할을 하고 있어. 일순위로 죽여야 해."

"기록을 보아하니 세계복지기구만큼 수많은 아이들에게 공부를 가르치고 있는 좋은 사람이네요."

"내가 너한테 한 방 먹일 때 말했지? 감성팔이할 상대 잘못 골랐다고."

지우가 얼굴 하나 찡그리지 않고 말했다. 이에 백고천이 싱글벙글 웃는 얼굴을 유지하면서 말했다.

"후후후, 설마요. 농담 삼아 말해본 것뿐입니다. 만약 그를 죽이지 않는다면 우리가 죽게 될 테니까요."

"그럼 괜히 쓸데없는 말하지 말고 듣도록 해."

"샤를로트 드 아멜리(Charlotte de Amelie)"

알렉산드라가 그다음 인물의 이름을 읊었다.

"사이비, 아무래도 당신과 포지션이 겹치면서 안 겹치네요. 이 사람 당신처럼 천사의 힘을 손에 넣은 모양인데요?"

"저번에 봤을 땐 마법을 쓰는 줄 알았는데, 아니었나."

칭후가 탁자 앞에 놓인 녹차를 한 모금 마시며 말했다.

백고천에게서 신성술법에 대해 들었기 때문에, 마법과 병행하지 못하는 걸 알 수 있었다.

호아킨 때는 영락없이 마법을 쓰는 줄 알았으나, 호아킨의 기억에 의하면 달랐다.

마법이나 신성술법 등에 대한 지식이 없다 보니 생긴 폐해였다.

"중세도 아니고 요즘 같은 시대에 갑옷을 두르고 싸운다니, 어이가 없네요."

"치파오 입고 검 휘두르는 여자가 할 소리는 아닙니다."

지우가 곁에서 태클을 걸었다.

샤를로트는 프랑스인으로, 파리에서도 꽤나 이름 높은 파티시에르였으며, 루카스처럼 자선사업으로 빈민층에게 무료로 빵이나 케이크 등을 기부하기로 유명하기도 했다.

"백고천, 신성술법 사용자는 전투 능력이 없는 건 아니었나?"

"천사의 힘을 얻기 전까지는 치유나 정화 능력 외에는 없습니다. 그러나 힘을 얻게 되면 이야기가 좀 달라지죠."

"호오."

러시아 정교회에 신앙을 지닌 알렉산드라가 특히 관심을 보이면서 백고천의 말에 귀를 기울였다.

"천사는 그 개체마다 다양하다 보니 저처럼 전투 능력이 거의 전무하다싶은 경우도 있고, 또 샤를로트처럼 전투와 병행할 수 있는 쪽도 있죠. 보아하니 우리엘이 아닌가 싶군요."

우리엘은 성경에 나오는 죄악의 도시인 소돔과 고모라를 멸망시키는 파괴의 천사이기도 하다.

만약 우리엘의 비호를 받고 있다면, 백고천과 달리 전투 능력에 대해서도 설명이 가능하다.

"참고로 당신도 알다시피 천사란 게 마구잡이로 불러낼 수 있는 것이 아닙니다. 천사마다 부르는 조건이 다르기 때문에, 많아봤자 한 사람당 둘이나 셋이 한계겠죠."

"한때 사이비 교주였고, 또 신을 증오하는 사람이 천사를 부를 수 있고 또 그에 대해서 누구보다 잘 알고 있다니, 참으로 아이러니한걸."

알렉산드라가 초코파이를 우물거리면서 신기한 듯이 백고천을 쳐다봤다.

"어쨌거나 정말로 아쉬운 일이야. 샤를로트로 인해 요한에게 당한 영국의 마녀가 살아남았을 테니까."

"마들린 위치 코번(Madeline witch coburn)"

멕시코에서 봤던 마녀의 이름이며, 백고천을 제외한 네 사람에겐 잊을 수 없는 일원이다.

허공에 기형학적으로 얽힌 도형들로 가득한 마법진으로 하늘을 메우고, 그곳에서 불이나 번개 등 수많은 마법을 유성처럼 쏟아 내는 것이 머릿속에서 그려졌다.

"다른 셋과 달리 신분이 좀 남다르군요. 귀족이네요."

"영국은 군주제 국가니까."

"중세부터 이어져온 가문이고, 에너지기업 겸 광산업을 주축으로 사업을 하는 모양인데 이름은 그렇게까지 크게 알려져 있지는 않네요. 그래도 다른 세 명과 다르게 신분이나 하는 일이 제법 큰데요."

"그리고…… 또 한 명이 있긴 한데, 호아킨의 기억에도 존재하다는 것만 알고 있고 그 외에 대한 정보가 없어."

"그게 끝입니까?"

백고천이 이상하다는 듯 고개를 갸웃거리며 물었다.

"그래, 언컨쿼러블은 다섯 명이야."

"예상한 것보다 좀 작군요. 일반인이 알지 못하는 곳에서 오랫동안 싸워왔다고 해서 좀 더 많을 줄 알았는데요."

"원래는 그보다 많았지만, 디스페어와의 전쟁을 통해서 다섯 명까지 줄어들었어."

"호아킨의 기억을 흡수한 건 신의 한수였지."

알렉산드라가 초코파이의 포장지를 뜯으면서 지우의 행동에 칭찬했다. 독지에 뛰어드는 건 확실히 미친 짓이었지만, 호아킨 한 사람으로 인해 돈으로 환산할 수 없는 귀중한 가치의 정보를 얻었다.

호아킨은 그 강함과 재산만큼 알고 있는 바가 많았다. 비록 언컨쿼러블 인원 중 한 사람에 대해선 몰랐지만, 그래도 대부분의 직업이나 능력에 대해서 알고 있었으니 그 가치는 충분히 했다.

"그런데, 언컨쿼러블은 천하의 호구 집단입니까?"

백고천이 그들의 행적을 읽더니만 대뜸 물었다.

"그래."

언컨쿼러블은 정의의 조직이란 이름에 알맞게, 최근 수년 동안 수많은 선행을 해 왔다.

제임슨은 말할 것도 없고, 자선사업을 한 루카스나 샤를로트 등 역시 정말 많은 돈을 쓰면서 사람들을 도왔다.

마들린은 다른 세 사람 만큼은 아니지만, 그래도 에너지 기업이자 가문인 코번을 통해서 기부 등의 일도 여럿 했다.

"그 돈으로 무력이나 마법에 좀 더 투자했다면 디스페어에 승리하는 것도 그다지 어려운 일은 아니었을 텐데…… 정말이지 머저리라 칭해도 부족할 정도야."

"쓰레기, 그 더러운 입 닥쳐라."

지우의 말에 칭후가 발끈하며 나섰다.

"다른 놈들은 몰라도 영국의 마녀는 네놈에게 비웃음을 받을 정도의 인물이 아니다. 마법이란 건 무도와 같이 끝없이 공부하고, 노력하고, 또 정신적인 수양을 통해서 얻는 힘. 너와 같이 돈으로 모든 걸 해결하는…….”

“네, 제가 무도가의 정신을 더럽혔군요. 아니, 마법사의 정신을 더럽히다니…… 제가 다 죽일 놈이죠!”

지우가 진저리난다는 듯, 손을 털면서 사과했다.

누가 봐도 사과하는 태도가 아니다.

“이 새끼가…….”

방 내부가 칭후의 살기와 투기로 가득 찼다. 그 힘의 여파에 탁자 위에 올려 둔 커피와 차들이 파르르 떨어댔다.

알렉산드라는 재빨리 홍차와 초코파이를 낚아채서 혀를 차면서 경고했다.

“아직 한국에 율리아 카우프만이 남아 있다는 걸 잊지 않는 게 좋을 거야. 눈치라도 챈다면 모든 게 끝날 테니까.”

“……끄응.”

알렉산드라의 조언 어린 경고에 칭후는 어쩔 수 없다는 듯 단전에서 끓어오르는 진기를 진정시키고, 살기와 투기를 회수했다.

“분위기 좋네요.”

백고천이 재수 없는 낯짝으로 말했다.

“동감해요. 아 참, 그리고 율리아가 당신 주변에 접근했다고 했죠. 그건 어떻게 된 일인가요?"

"그게……."

공연장에서 있었던 일을 대충 설명하자, 자오웨는 눈부터 찡그리면서 한숨을 푹 내쉬었다.

"일이 귀찮게 됐네요. 율리아가 의심을 쉽게 털어 내지 않는 이상, 가희와 당신에 관심을 가지고 주시할 거예요."

"나도 알아, 그래서 율리아 카우프만의 척살 순위를 일 순위로 올려야한다고 말했던 거고."

앱스토어 고객의 관심만큼 귀찮은 것이 없다.

"그러고 보니, 세상 사람들도 의외로 눈썰미가 있는 것 같더군요. 악마의 바이올리니스트라 불리는 천재가 설마 정말로 악마와 계약하고 있을 줄은 누구도 몰랐을 겁니다."

백고천의 말에 모두의 시선이 율리아의 프로필이 정리된 서류로 향했다.

"솔로몬의 작은 열쇠, 게티아(GOETIA)를 소유하고 그 힘을 얻은 또 다른 마녀, 솔로몬의 72 악마 중 일부분과 계약했다라…… 천사 다음은 악마인가."

제8장

최악의 흑막들이 움직이다

"솔로몬이라면, 지혜의 왕을 말하는 거죠? 한 아기를 놓고 두 어머니가 싸우는 것을 재판한 걸로 유명한……."

"그렇습니다."

"그런데 솔로몬과 악마가 무슨 관계가 있는 건가요?"

"전해져 오는 것에 의하면 솔로몬은 72위(位) 악마들을 사역하고 봉인했다고 합니다. 게티아라는 건 솔로몬의 작은 열쇠로 부르기도 하며, 솔로몬이 저술한 책 중 하나입니다. 그 책에는 72마리의 악마에 대해 서술되어 있으며, 또 사역하는 방법 또한 포함되어 있다고 하더군요."

"오컬트에 대해서 꽤나 빠삭하시네요."

"솔로몬은 구약성경에 나오는지라, 자세히는 아니지만 그에 관해서 대충이나마 공부한 적이 있습니다."

만약 백고천이 없었더라면 네 명이서 스마트폰을 꺼내 검색이나 하고 있었을지도 모른다.

"악마를 다루다니, 당신께선 고생 꽤나 하겠네요."

자오웨가 초코파이를 입에 물고 있는 알렉산드라의 눈치를 살폈다. 그러자 알렉산드라는 초코파이를 꿀꺽 삼키곤, 홍차로 입가심을 한 뒤에야 입을 열었다.

"미안하지만, 내가 진정 두려워하는 건 신과 다름없는 권능과 힘을 지닌 기적의 앱스토어지, 악마는 아니야. 마음은 고맙지만 그런 쓸데없는 걱정을 할 필요는 없어."

"그렇다면 다행이네요."

자오웨를 포함하여 다른 사람들도 안도의 한숨을 내뱉었다. 여러모로 편리하고 또 절대적인 힘의 소유자 중 한 명인 알렉산드라가 제대로 싸우지 못한다면 귀찮아진다.

"율리아에 대해선 워낙 유명하니 그녀의 신상 정보에 대해선 더 이상 입 아프게 설명할 필요는 없다고 생각해."

"다음은 절 부르게 된 문제의 인물이군요. 요한 반 노르트(Johan van noort), 식물학자네요."

"식물이라면 자유롭게 조종할 수 있을 뿐만 아니라, 유전자를 수정해서 온갖 괴이한 식물로 변화시킬 수 있어. 성장을 촉진해서 크기를 키우는 것은 애교고, 진정한 힘은 그 치명적인 독에 있지. 백고천 없이 결코 싸워선 안 돼."

호아킨에게 치명상을 입힌 건 무려 일억 달러짜리의 상품이고, 또 일회용인지라 자주 사용할 수는 없긴 해도 안심을 할 수는 없었다. 애초에 그의 원래 지닌 독과 맞서 싸우려면 백고천이 없을 경우 죽음을 각오해야 한다.

"식물학자이기도 하고 비정부 국제기구인 글로벌 환경보호단체 어스피스(earthpeace)의 환경운동가야. 네덜란드 암스테르담에 본부를 두고 있긴 하지만, 전 세계를 돌아다니면서 환경을 보호하는 등의 노력을 한다고 해."

"어스피스라면 저도 제법 들어 본 적 있어요. 그 극성맞은 환경운동가들 말하는 거죠?"

"그래. 국가와 기업을 정면으로 상대하여, 고래사냥을 적극적으로 막거나, 핵실험을 막아 내는 걸로 창설됐지. 1993년 소련 해체 이후, 러시아가 돈이 궁해서 방사능 폐기물을 동해에 버린 일이 있었는데 어스피스가 그걸 귀신같이 알아내서 찾아와 방해한 걸로 한국에서도 제법 유명해. 여러모로 환경보호에 힘써서 긍정적인 이미지로 알려져 있어."

"그밖에도 방사성 폐기물 해양투기 저지운동, 또 1993년에 영국 근방 해역에서 원유 유출 사건 때는 기름제거 활동과 석유에 빠진 야생동물도 구원했네요. 95년에는 핵실험 반대하다가 프랑스 특공대에게도 쫓겨났고……CTBT(핵실험금지조약)이 국제연합 총회에서 통과하는데 기여도 했습니다. 여러모로 좋은 단체군요."

백고천이 흥미로운 듯 어스피스의 행적을 쭉 읊었다.

"그러나 긍정적인 면만 있는 건 아니더군요."

자오웨가 서류 한 장을 넘겨서 어스피스에 대해서 말했다.

"몇몇의 극단적인 면 때문에 욕을 먹기도 했네요. 원자력 에너지를 죄다 막으려고 해서, 그 힘을 의료용으로 쓰려는 의학업계에게 비판받았다고 하네요. 그 외에도 원양어선 등의 어업 방해도 했고요."

"이런 극단적인 면 때문인지 환경과학자들에게 이미지가 좋지 않고, 또 환경보호라는 명분을 빌려 불법행위를 간단하게 정당화하는 등 욕먹을 짓도 제법 많이 했어."

"어떤 것이건 동전처럼 앞과 뒤가 있기 마련이죠."

어스피스가 결코 나쁘다는 건 아니다. 오염된 지구를 살리기 위해서 환경운동을 하는 건 확실히 옳은 일이다.

그러나 그 점이 너무 극단적으로 치닫게 되어, 현대에 필요로 하는 걸 전부 없애버리겠다는 건 문제가 된다.

"그리고 요한은 하필이면 어스피스 내에서도 제일가는 꼴통이야. 한때 공식 석상에서 환경을 위해서라면 인류가 희생해야 한다, 편함을 포기해야 한다. 현대 문명이 한 번 멸망해야 할 필요가 있다 등, 그 외에도 정신 나간 발언을 몇 차례 한 적이 있어."

"혹시 그는……."

"그래, 요한의 환경주의는 극단적이란 수준을 넘었어. 그가 기적의 힘을 얻고 제일 먼저 한 일은 산업 공장들을 폭탄 테러한 일이었다고 하더군. 그리고 디스페어에 들어가서 현대 문명을 멸망시키자면서 주장하고 있다네."

"언컨쿼러블이 천하의 호구 집단인 것처럼, 디스페어도 나름대로 악의 조직이란 이름값을 하고 있군요."

사이비 교주였던 백고천조차 어이없다는 듯이 웃었다.

환경을 위해서 현대 문명이 멸망할 필요가 있고, 또 인류가 희생해야 한다는 건 정상적인 사고방식이 아니다.

절대적인 힘으로 인해 문명을 강제로 거꾸로 돌려 원시시대라도 만들 생각이라면, 정말 잘못됐다.

"그렇다면 율리아의 목적은 뭐죠?"

"그년도 여러모로 머리가 잘못됐어. 인류, 아니 이 세상에서 바이올린을 제외한 악기를 모조리 없애버리는 거야."

"이런, 상상 이상으로 미쳐 있군요."

율리아가 바이올린은 생각 이상으로 사랑해서 그런지, 아니면 모종의 이유 때문인지는 모른다.

그녀가 딱히 숨긴 것이 아니라, 단순히 호아킨이 율리아와 그다지 친하지 않았기 때문이었다.

호아킨은 요한에게 마약 제조를 부탁하는 걸로 대신에 수익금 일부분을 대가로 협약을 맺었으며, 평생 동안 학문에 매진하고 금전 감각이 전무하다 싶었던 요한이었기에 흔쾌히 승낙하고 호아킨과 붙어 다녔다.

멕시코에서 호아킨이 요한이 나타난 걸 보고 분노했던 건, 그래도 나름대로 믿었던 인물의 배신이었기 때문이다.

"알렉산드라가 호아킨이 찾아왔을 때, 그들의 목적이 세계정복인지, 아니면 세계멸망인지 헷갈려한 건 이 때문일 거야. 디스페어의 구성원들은 각자 다른 목적을 지니고 있지만, 그래도 서로 간에 상호관계가 일치해."

"요한은 시대를 역행하여 자연만 보호하면 상관없고, 율리아는 바이올린만 남는다면 상관없어 하지."

알렉산드라가 초코파이 부스러기를 털어 내면서 이제야 이해가 간다는 얼굴로 말했다.

"이미 죽고 없긴 하지만, 호아킨의 목적은 뭐였죠?"

자오웨가 물었다.

"막장으로 치닫는 멕시코 정부를 없애버리고, 고향에 있는 빈민들을 구제해서 국가를 건립하는 일."

비록 카르텔을 좋게 포장하거나, 최후에 정부를 상대로 인간 방패를 만들기 위해서였긴 해도 빈민가의 사람들을 구제해 주고 싶다는 생각은 전부 거짓이 아니었다.

"그럼 좋은 일 하는 거 아닙니까?"

이번에는 백고천이 물었다.

"그렇지만 수단이 여러모로 잘못됐어. 마약을 무차별적으로 공급하고, 정기적으로 사람의 심장을 꺼내 먹었으니까. 그 외에도 세계정복 비스름한 생각도 가지고 있었으니, 칭찬하지는 마. 그렇지 않아도 놈이 가진 기억 때문에 불쾌하니까."

만약 트랜센더스가 없었더라면 호아킨의 사상에 물들어서 심장을 꺼내 먹는 세계정복자가 됐을지도 모른다.

정말로 천만다행이었다.

"절 간접적으로 욕하시다니, 시간이 가면 갈수록 돌려서 욕하는 솜씨가 늘어나네요.”

구주방의 용호단주가 불쾌한 기색을 내보이며 웃었다.

호아킨만큼은 아니지만, 하얼빈의 마약 루트를 손에 넣고 철저하게 이용해서 재산을 늘리고 있는 자오웨였다.

“그리고 아쉽게도 남은 둘에 대해선 호아킨의 기억에도 제대로 알려져 있지 않습니다.”

“그래도 아주 없는 건 아니겠죠?”

“여태껏 디스페어를 이끌어왔던 수장이 성질 나쁜 미친 흡혈귀라는 것과, 나머지 동맹원이 이탈리아의 남자라는 정도입니다. 호아킨은 유일하게 친했던 요한에게서 디스페어에 관한 소식이나 정보를 전해 들었거든요.”

“그 친한 사람에게 배신을 당하다니, 역시 사람이란 건 믿을 게 못 되네요.”

“그래서 우리는 처음부터 서로를 믿지 않잖아요?”

“네, 그게 저희의 장점이죠.”

이 자리에 있는 그 누구도 서로를 신뢰하지 않는다. 아니, 신뢰하고 있긴 하나 그건 서로의 능력과 이성, 그리고 철저하게 이익만을 추구한다는 점이다.

그렇기에 서로의 사정은 묻지 않고, 개인적인 일로 만나려고도 하지 않는다. 그게 동맹의 암묵의 룰이었다.

"좋아요, 그럼 이제 어떻게 하실 생각이죠?"

자오웨가 깃털이 달린 부채를 펼쳐 입가를 가렸다.

"네덜란드에 요한이 마약을 숨기기 위해 식물원으로 위장한 마약 공장이 몇 개 있어. 거길 습격해서 모든 걸 빼앗아."

"설마 아깝게 불태우라는 건 아니겠죠?"

네덜란드는 유럽에서도 온갖 마약의 집하장이라 불리면서 유럽에 있어선 상당한 골칫덩이였다.

이는 네덜란드에선 대마초가 합법이다 보니, 외국에서 대마초 관광을 즐기기 위해서 제법 많은 사람들이 찾아오기 때문이다. 물론 대마초 외에 마약은 불법이고, 또 엄중하게 단속하긴 하지만 그래도 대마초 관광지인지라 애석하게도 자연스럽게 마약의 집하장으로 변해 버렸다.

특히 모로코의 불법 해시시나 중국의 합성 마약인 LSD의 집하장으로도 쓰이는지라 자오웨가 요한의 유통로에 눈독을 들이는 것도 무리는 아니었다.

"나는 마약엔 관심 없으니까 너희가 알아서 해. 수익도 받지 않을게. 그 대신 내 도움이 필요할 때, 군말 없이 날 도와주거나 내가 원하는 수익을 포기해야 해. 네덜란드에 벌어들이는 돈이 적지는 않은데도 내가 포기하는 거야."

마약에 손댈 생각도 없었고, 또 그로 인해서 벌어들인 불법 자금이 얼마나 귀찮은지 호아킨을 통해 알게 됐다.

지우는 그냥 하던 대로 불법적이지 않은 일을 계속해서 돈을 벌 생각이었다.

"좋아요, 칭후와 저는 그 제안을 받아들이죠. 다른 분들은 어떻게 하실 거죠?"

"마약 사업엔 관여하지 않겠습니다. 그래도 수익적인 면으론 제법 구미가 당기네요. 대신 일 처리를 해 주신다면 수익을 덜 받도록 하는 걸로 하겠습니다."

백왕교 시절에 이미 파나세아로 제약 사업을 해 온 덕분인지, 백고천이 살짝 질린 기색으로 말했다.

"좋아요. 이런 건 전문가에게 맡기는 편이 좋죠. 알렉산드라는 어떻게 아실 건가요?"

"마약 관련 일은 레드 마피아 건으로 그만두기로 마음먹었어. 나도 마약 권리를 포기하고 다른 걸로 대신하지."

"화끈해서 좋군요. 알겠어요."

두 사람이나 포기한다면 벌어들이는 돈이 상상 이상으로 많아질 것이다. 그 생각에 자오웨의 입가에 미소가 절로 번졌다. 유럽의 마약 집하장인 만큼 기대가 됐다.

"마침 요한으로 인해 마들린이 다쳤으니까, 언컨쿼러블

의 명분은 충분해. 우리가 한 일을 뒤집어씌우자. 이참에 요한을 화내게 만들어야 하니까, 한두 개 정도의 공장은 불태워버려. 아, 그리고 빼앗은 마약도 없앤 것처럼 증거를 조작하는 편이 좋을 거야. 언컨쿼러블이 마약을 훔쳐서 쓰거나 팔지는 않을 거 아니야. 괜한 의심은 피하자."

"요한이 이성을 잃고 언컨쿼러블에게 달려들겠군요. 우리의 존재를 모르니 최적의 상황이 만들어질 거예요."

"어째, 저희가 악의 조직보다 더한 것 같은데요?"

백고천이 못 말리겠다는 듯 웃는 얼굴로 어깨를 으쓱였다.

그런 백고천을 바라보면서 지우가 말했다.

"동맹에 들어온 기념으로 알려 줄게. 잘 들어, 우리는 세계를 멸망시키지도, 정복하지도, 그렇다고 구하지도 않을 거야."

지우는 자리에서 일어나 창문으로 도시를 내려다보았다. 그는 주머니에 손을 찔러 넣고 눈을 매섭게 빛내며 말했다.

"우리는 돈을 번다."

정지우, 자오웨, 칭후, 알렉산드라, 백고천

최악의 흑막이 움직이기 시작했다.

*　　*　　*

'……그 남자, 정말 단순한 일반인이었을까.'

율리아는 퍼스트 클래스 좌석에 앉으면서 생각에 잠겼다.

스튜어디스가 따라준 샴페인을 한 모금 넘기면서, 베이징에서 있었던 윤소정과의 만남을 떠올렸다.

처음에 공연을 갔던 건 정말 단순한 우연에 불과했다.

베이징에서 바이올린 연주회를 끝내고, 관광이라도 할 겸 이리저리 돌아다니다가 우연찮게 가희의 소식을 듣게 됐다.

원래 율리아는 가희의 공연에 그렇게까지 관심 있어 하지 않았다.

지독한 솔리스트(soliste)이기도 한 율리아는 다른 음악에 크게 관심이 없었다. 아니, 혐오하는 편이었다.

그녀에게 있어 바이올린 외의 연주는 소음일 뿐, 그 이상 그 이하도 아니었기 때문이었다. 바이올린니스트로서 수많은 오케스트라 악단에게 협곡 제의를 받았지만, 죄다 거절한 것도 바이올린 외엔 섞이고 싶지 않아서 그렇다.

그런 율리아가 가희의 공연을 보러가게 된 건 디스페어

의 일원으로서 알아봐야 할 일이 있었기 때문이다.

증오스럽기 그지없는 언컨쿼러블의 싸움으로 인해 디스페어 역시 수많은 일원들을 잃게 됐고, 예전에 비해서 전력을 상당 부분 잃어버렸다.

그러다 보니 충원할 필요가 있어서 세계에서 앱스토어의 고객으로 의심되는 인물들을 찾아가면서 스카웃을 해 왔다.

당연히 거절한다면 그 자리에서 목숨을 빼앗았다. 동맹할 수 없다면 방해일 뿐이다.

알렉산드라야 워낙 상황이 특수한지라 어쩔 수 없었지만, 그 외에 고객들을 처리하거나 같은 편으로 만들었다.

만약 그대로 뒀다가 언컨쿼러블과 손을 잡는 등의 귀찮을 일이 일어나면 곤란하니까.

마침 가희 윤소정은 고객 의심 목록에 올라왔기에, 바이올린 외의 연주를 듣고 싶진 않았으나 어쩔 수 없이 발걸음을 옮겨 공연장을 찾았다.

'그때만 생각하면 화가 치밀어 오르네. 그냥 죽여 버릴 걸 그랬나.'

율리아는 바이올린 외의 연주음을 싫어하는 것뿐이지, 노래 자체를 싫어하는 건 아니다. 윤소정에겐 화나지 않았으나 연주자들이 마음에 들지 않았다.

그래서 연주가 끝나고 며칠 뒤에 사고로 위장해서 더 이상 연주할 수 없도록 팔을 잘랐다. 그리고 가끔 발로 연주하는 독종들도 있어서 혹시 몰라 발까지 뭉개줬다.

'몇 번이나 확인해 봤지만, 가희는 고객이 아니야. 타고난 천재일 뿐이지.'

확실히 델타는 흔한 것은 아니지만, 그래도 아예 없는 건 아니다. 율리아는 윤소정의 아우라를 타고난 것이라 생각하고 별생각 없이 넘겼다.

대신 윤소정을 재능을 발굴하여 투자했다는 사람이 있다고 해서 혹시 몰라 한국까지 찾아가 확인해 보았다.

신곡 발표 공연에서도 다른 연주자들과 함께하고 싶진 않았지만, 윤소정이 감미로운 목소리로 만족스럽게 노래해 준 덕분에 특별히 참아주기로 했다.

그래도 나중에 시간이 지난다면 연주자들을 따로 찾아가서 아무도 모르게 죽여 버릴 생각이었다.

어쨌거나, 가희의 소속사 대표 이사를 만나 봤으나 역시 별로 대단할 것 없는 남자였다.

한국에서 제법 잘 나가는 기업가인지라 베타 단계를 느끼긴 했지만, 그 이상, 그 이하도 아니었다.

'그렇지만 아무래도 그 눈이 신경 쓰인단 말이지.'

단 한 가지, 마음에 걸리는 것이 있다면 바로 정지우라는 인간의 눈이다. 그 눈은 사람보다는 괴물에 가까웠다.

'……뭐, 됐나. 어차피 이 썩어 빠진 세상엔 인간의 탈을 쓴 괴물이 수두룩하니까.'

* * *

율리아가 독일로 떠난 것이 확인됐다.

"좋아, 슬슬 우리도 움직일 때가 됐어."

"네덜란드로 누가 갈 생각이지?"

알렉산드라가 물었다.

요한과 전면전을 하려고 가는 게 아니다. 마약을 빼앗고, 공장 한두 개를 파괴시켜서 언컨쿼러블에게 뒤집어씌우려고 가는 일이었는지라 모두가 갈 필요는 없었다.

어차피 싸울 적이 고객이 아닌 이상, 대대적으로 군대가 동원되지 않는다면 그들을 막을 방법은 없었다.

한 명만 가도 해결되는 일이지만 혹시 모를 상황에 대비하여 한두 사람 정도 더 붙어야만 했다.

알렉산드라의 물음에 자오웨가 손을 들면서 말했다.

"어차피 나중에 요한이 죽게 되면 제 사업장이 될 장소니까 제가 갈게요."

"흔적을 남겨선 곤란하니까 알렉산드라도 따라가 줘."

마인드 컨트롤이 있다면 설사 목격자가 발생한다고 해도 죽이지 않고 해결할 수 있다. 알렉산드라가 제격이었다.

"제가 안 가도 괜찮겠습니까?"

백고천이 물었다. 요한의 독을 우려하는 모양이었다.

"요한과 마주치는 것 자체가 최악의 상황이야. 그런 상황을 상정하고 널 보낼 필요는 없지. 그리고 저 둘의 은밀성은 이중에서 누구보다 더 뛰어날 것이라고 믿어."

"그렇다면 독일로 가는 건 저희 셋이군요."

백고천이 시선을 돌려 앱스토어로 쇼핑을 시작했다. 독일어를 배우기 위해서였다.

"그래. 율리아 그 여자 때문에 내 행동에 제한이 많이 생겼어. 하루라도 빨리 죽여야 해."

율리아가 척살 순위에 우선으로 오른 건, 당연히 의심을 받고 있어서 그렇다.

그것 때문에 귀찮아진 것이 이만저만한 것이 아니다.

"루카스는 요한의 습격을 조사하기 위해서 아직 멕시코에 남아 있으니 신경 쓸 필요는 없어. 나머지는 아마도 마들린을 치료하기 위해서 파리에 머물고 있는 모양이야."

지우가 사진 몇 장을 책상 위에 올려두었다. 샤를로트가 운영하는 베이커리에서 제임슨과 마들린과 함께 있는 모습이 촬영된 사진이었다.

"외국에 있으니 그들과 마주칠 일도 없어. 그러니 안심하고 각자 할일을 하자."

"호아킨의 기억으로 그들을 찾을 수 있다는 건, 디스페어도 곧 언컨쿼러블의 행적을 주시하고 있다는 것 아닙니까? 그들은 프랑스에 있는데 저희가 독일에서 율리아를 죽이게 되면 의심받지 않습니까?"

"아직 언컨쿼러블 중 한 명의 행적을 디스페어도 모르잖아. 그리고 폴리모프 로션 등으로 모습을 숨기고 몰래 출국할 수 있는 방법도 여러 가지니, 그런 식으로 의심할 거야. 숨겨진 흑막 세력이 존재했다, 라는 설보다 그럴싸하잖아?"

"이해했습니다."

"율리아가 얼마나 많은 악마와 계약한지는 모르겠지만, 우리 세 사람을 동시에 상대하는 건 이미 죽고 없는 호아킨이 아닌 한 불가능해. 독일에 도착하자마자 최대한 빨리 율리아를 죽인다. 다만, 마음에 걸리는 게 있는데……."

"행적이 파악되지 않은 세 명이군요."

"그래."

언컨쿼러블에 이름도 모르는 한 명과 디스페어의 수장인 흡혈귀와 조직원인 이탈리아 국적의 남자다.

"언컨쿼러블은 그렇다고 쳐도, 디스페어 중 한 사람이 독일에 있다면 전면전을 각오해야 할지도 몰라. 하지만 그 리스크를 감수해야 할 정도로 율리아의 위험순위는 높으니 어쩔 수 없는 노릇이지."

"율리아에게서 또 기억을 빼앗을 생각인가?"

칭후가 물었다.

"흡혈귀와 이탈리아인에 대해서만 흡수하면 상관없어. 그 정도의 기억이라면 기억 수준에도 못 미치니까 괜찮아."

호아킨이야 목적이라거나, 두 조직에 대한 정보라던가 이것저것 가져올 것이 많았다. 그러나 지금 필요한 정보는 그 정도까지는 아니니 충분히 감당할 자신이 있었다.

"율리아가 한국을 떠난 건, 나에 대한 의심이 그래도 제법 사라졌다는 뜻이야. 그러니 이 틈을 노려서 율리아를 놓치지 않고 기필코 죽여야만 해."

"꽤 괜찮은 설계가 나왔군요. 이걸로 양측에게 다 타격을 줄 수 있습니다."

언컨쿼러블이야 직접적인 피해는 주지 않지만, 요한이 이성을 잃고 덤비게 만들 수 있게 해 준다.

요한은 죽은 목숨이나 다름없지만, 그래도 그가 언컨쿼러블에게 막강한 독으로 어느 정도 피해를 줄 터.

일행은 그걸 기대했다.

"좋아, 그럼 일 끝내고 나중에 보자고."

* * *

남자들은 독일의 베를린을 목적지로 출국했다. 여자들은 네덜란드 암스테르담으로 향했다.

한편, 지우가 한국을 떠난 당일. 강남에 위치한 초고층 빌딩 내에서 불온한 움직임이 있었다.

"그날 슈퍼카가 이목을 끌었다고?"

"예, 그렇습니다."

비서실장의 보고에 자성무역의 경영자 이재창은 눈을 빛내면서 흥미를 보였다. 아들을 엉망으로 만들어 내 중환실로 보낸 범인의 행적의 꼬리를 잡을 수 있었기 때문이다.

"도련님께서 학교에 계셨던 날, 아벤타도르 슈퍼 벨로체

한 대가 주차장에 들어와 이목을 끌어 구경꾼이 몰렸답니다. 아마 목격자가 별로 없었던 건 그 때문이 아닐까 싶습니다.”

“하, 그걸 이제야 알아 와? 실장, 옛날에 비해서 능력이 떨어졌어. 능력이!”

“죄송합니다.”

비서실장이 두 손을 공손히 모아 허리를 숙였다.

“됐어. 실장을 혼내는 것보다 그 범인을 잡는 것이 급한 일이니까. 차의 출처에 대해선 알아봤어?”

“예, 차 주인은 로드 기업의 대표 이사입니다.”

“로드라면…… 정지우 그놈 말하는 거지?”

이재창도 정지우에 대해서라면 잘 알고 있다.

최근 유례없는 속도로 성장한 대기업 로드에 대해서 모를 리가 없었다.

다만 이미지는 그렇게까지 좋지 않았다.

자성에서도 몇 번 기업인이나 재벌들이 모이는 연회에 지우에게 초대장을 보낸 적 있었으나, 항상 자신이 나오지 않고 대리인인 세이렌의 CEO 박영만이 나왔다.

기업가 대부분들이 그렇듯, 일이 바빠서 못 나온 것은 이해가 가지만 그래도 괘씸한 것은 괘씸한 것이다.

어쩌다 운이 좋아서 성공한 졸부 주제에, 매번 초대에 거부한다는 것은 마음에 들지 않았다.

"놈은 학생이 아니지 않나?"

"조사해 본 결과 그의 여동생이 도련님과 같은 대학교에 다니고 있더군요. 그래서 그날 학교에 온 것 같습니다."

"하, 대강 어떻게 돌아가는지 이제야 알 것 같군."

이재창도 자신의 아들이 사고뭉치인 것은 알고 있다.

유학도 몇 번 보내봤지만 외국에서 마약을 하다가 몇 번 걸려 어쩔 수 없이 한국으로 돌아왔고, 그렇다고 공부를 잘하는 것도 아닌지라 자성과 연이 깊은 대학교 총장을 만나 뇌물을 통해 입학시켰다.

그리고 이재웅이 대학교를 다니면서 여러 명의 여자들을 괜히 건드리고 다니는 것도 알고 있었다.

상대 여자가 아이를 가지면 돈을 주고 합의해서 아이를 지우는 등 뒷바라지도 몇 번 해 준 적이 있어서다.

여자를 밝히는 아들이라면, 아마 정지하라는 여동생을 건드렸을 것이다.

"여동생을 건드리는 게 꼴 보기 싫어서 이런 짓까지 해?"

으드득!

이재창이 이를 갈면서 진심으로 분노했다.

"감히 자성을 건드리고 네가 무사할 줄 알아?"

청년 기업가의 능력을 인정하지 않는 건 아니다. 하지만, 그래 봤자 일개 기업가일 뿐이다.

자성에 비해선 조족지혈. 그걸 건드린 간 큰 놈을 도저히 용서할 수가 없었다.

"증거도 남기지 않고 완벽 범죄라, 마음에 들어. 아주 마음에 들어! 너도 어디 한 번 똑같이 당해 봐라!"

이재창이 수상한 짓을 꾸미기 시작했다.

제9장

우리는 누구도, 아무것도 아니다

독일, 베를린

얼마 전만 해도 녹색으로 가득했던 가로수길이 이젠 알록달록한 색으로 물들어 있다. 가을을 상징하는 낙엽을 밟고 지나가자 바스락 소리가 났다.

바람이 불긴 하지만, 기온이 낮은 편이 아닌지라 산뜻하게 느껴진다. 가족끼리 피크닉을 나가면 딱 좋은 날씨다.

베를린, 브란덴부르크 문.

여섯 개의 거대한 기둥 위에는 네 마리의 말이 이끄는 승리의 여신 빅토리 조각상은 독일사와 함께한 예술품이다.

세계적인 명소이며, 베를린을 관광하기 위한 필수 코스인지라 관광객들로 붐비는 편이었다.

"이렇게 눈앞에서 보니까 웅장한데. 야, 사진 좀 찍어줘라."

지우가 스마트폰을 백고천에게 건넸다.

"……저희가 놀러온 것이 아니라는 건 알고 있습니까?"

스마트폰을 건네받은 백고천이 어이없는 어조로 물었다.

"알아."

지우가 왜 당연한 걸 물어보냐는 얼굴로 백고천을 쳐다보면서 말을 이었다.

"하지만 그렇다고 한국으로 귀국했을 때, 취재진들에게 율리아를 살해하고 왔다고 말할 수는 없는 노릇이잖아. 난 공식적으로 비즈니스와 관광 목적으로 독일에 온 거야. 의심받지 않으려면 기념사진은 남겨야지."

"그런 것치고는 묘하게 신나 보입니다만?"

"착각이야. 결코 저번 달에 해외여행 갔을 때 사진을 제대로 남기지 못해서 아쉬워하는 것이 아니지."

지우가 어서 찍으라는 듯이 제스처를 보였다.

"네덜란드에 간 알렉산드라를 불러와야겠군."

살짝 떨어진 거리에서 지우와 백고천을 지켜보고 있던

칭후가 팔짱을 낀 채로 뜬금없이 알렉산드라를 찾았다.

“정신 조작으로 놈의 입을 막는다. 그렇지 않으면 내가 저놈 목에 친히 창을 꽂아주겠어.”

“……찍겠습니다.”

칭후가 도시 한복판에서 창을 꺼내기 전에 백고천은 서둘러 촬영 버튼을 터치해서 사진을 찍었다.

이에 지우가 얼른 날아오듯이 달려와, 백고천이 촬영한 사진을 보고 만족한 얼굴로 머리를 끄덕였다.

“어차피 율리아의 연주회는 19시부터 입장이 가능하니까 느긋하게 기다려. 아직 오전 11시밖에 안 됐어.”

“왜 율리아의 집으로 찾아가지 않지?”

칭후가 이해가 안 가는 얼굴로 물었다.

“가도 별로 소용없어서 그래. 율리아가 소유한 집만 해도 독일에서 별장을 포함하여 다섯 채야. 거기에 전용기나 헬리콥터를 소유하고 있어서 자칫 잘못하면 엇갈려. 그리고 율리아는 외향적인 성격인지라 이곳저곳 돌아다녀서 어디에 있다고 특정할 수가 없어서 문제야.”

“그럼 연주회가 열릴 공연장에서 기다리고 있는 게 더 이득이군요.”

“그렇……응?”

백고천의 말에 맞장구치려고 했던 지우는 무언가를 발견하고 입을 다물었다.

정면에서 자신들을 똑바로 쳐다보며 다가오는 사람들이 있었다. 국적은 알 수 없었지만, 서양 여성들이었다.

"무슨 일이시죠?"

지우가 속으로 경계하면서 독일어로 물었다. 아직 율리아와 대면하기 전인지라, 괜한 소란을 일으킬 필요는 없었다.

웬만하면 사건에 휘말리지 않는 편이 좋다.

"독일어를 굉장히 잘하시네요."

머리가 긴 여성이 놀란 듯 눈을 동그랗게 뜨면서 감탄하는 모습을 보였다. 모델로 보이진 않았지만, 그래도 일반인 치곤 상당한 미모를 자랑하는 편이었다.

"아, 예. 친구들이랑 예전부터 독일 여행을 준비해서 기본은 할 수 있습니다. 그보다 무슨 일이신가요?"

설사 코앞에 모델이 있어도 눈 하나 깜짝하지 않을 지우가 경계심을 유지하며 물었다.

"와아."

"진짜 잘하네?"

다른 두 명도 지우의 능숙한 독일어 솜씨에 놀란 모습을 보였다. 둘 역시 제법 예쁜 편이었다.

"이렇게 아름다운 여성분들을 두고 너무 쌀쌀맞게 대하시는 것 아닙니까?"

백고천이 눈 하나 깜짝 하지 않고 독일어로 느끼한 멘트를 내뱉으면서 지우를 소름 끼치게 했다.

지우는 머리를 뒤로 돌려서 기겁하는 기색을 내보이면서 백고천에게 한국어로 욕설했다.

"미친 새끼야, 깜짝 놀랐잖아. 자중해라."

"와, 그쪽 분도 독일어를 잘하시네요. 혹시 저쪽 분도 독일어를 할 줄 아시나요?"

말을 걸었던 여성이 눈을 반짝이면서 칭후를 쳐다봤다. 그녀의 물음에 칭후는 마땅치 않아하는 기색이었으나, 그래도 머리를 위아래로 흔들어 대답을 대신해 줬다.

"웬일이야, 이렇게 운이 좋을 줄은 몰랐네."

"어쩌면 이건 운명일지도 몰라."

세 명의 자들이 꺄르르 웃으면서 끼리끼리 대화를 나누었다. 지우가 그냥 도망칠까 생각할 때쯤, 처음 말을 걸었던 여성이 다시 입을 열었다.

"저희도 베를리너(Berliner)가 아니라서 안내는 할 수 없지만, 괜찮다면 우리랑 함께 관광하시는 건 어때요?"

베를리너는 곧 베를린에 거주하는 주민들을 말한다.

"그쪽들이 제법 마음에 들었거든요."

"머리는 탈색하신 건가요?"

다른 여성들이 특히 칭후와 백고천에게 관심을 보이면서 눈을 반짝였다.

그제야 어떻게 된 일인지 상황을 이해한 지우가 속으로 한숨을 푹 내쉬었다.

'이래서 미남들이랑 어울리면 귀찮다니까.'

칭후는 서양인들과 비교해도 지지 않을 정도로 큰 신장을 가진데다가, 얼굴도 시원시원하게 잘생겼다.

전체적으로 야성적이고 남자다운 느낌을 물씬 풍겼다. 비록 정장에 가려지긴 했으나, 딱 봐도 몸매가 좋아보였다.

선하고 부드러운 인상에 왠지 모를 능글맞은 웃음이 매력적인 백고천도 미남에 속했다.

칭후가 남자답게 잘생겼다면, 백고천은 미청년이란 별명이 절로 붙을 정도로 예쁘게 생겼다.

이 두 미남과 함께 다니다보니 여자들이 역으로 헌팅해오는 것도 이상한 일이 아니었다.

"쯧, 대답할 가치도 없다. 간다."

칭후가 혀를 차면서 중국어로 말했다. 여자들에게 시선

을 떨어뜨린 걸 보면 상대할 생각조차 없는 듯했다.

백고천은 여전히 속내를 알 수 없는 웃는 낯짝으로 아무 말도 하지 않고 지우만을 쳐다봤다.

"설마 칭후의 생각과 일치할 줄은 몰랐어."

지우도 볼일 없다는 듯, 발걸음을 옮겨 여자들을 지나쳤다. 백고천도 어깨를 으쓱이면서 그 둘의 뒤를 따랐다.

"저희 일행 때문에 기분이 상하셨다면 용서해 주세요."

백고천이 머리만을 살짝 숙여 인사한 뒤에 떠났다

이에 남자들이 있던 자리에 남은 세 명의 여성들은 순간 상황을 판단하지 못하고 멍한 표정을 지었다.

그리고 얼마 후, 어이없다는 듯이 헛웃음과 함께 분노 어린 목소리가 튀어나왔다.

"지금 저 원숭이들이 우리를 찬 거야? 농담이지?"

"하! 어이가 없어서!"

* * *

남자들이 베를린에서 한가하게 시간을 보내고 있는 동안, 여자들은 그 반대였다.

네덜란드 암스테르담에 도착하자마자 요한이 운영하는

식물원을 찾아가 바쁘게 움직이고 있었다.

"감시카메라는 다 처리하셨어요?"

"그래. 식물원에서 일하는 이들은 경비를 포함하여 우리를 볼 수 없다는 걸로 만들어놨어. 그리고 총책임자를 이용해 감시카메라도 마비시켰으니 걱정하지 않아도 돼."

"그렇다면 다행이네요. 이거 생각보다 답답하거든요."

자오웨는 후련한 듯 환하게 미소 지었다. 그리고 근처의 화장실로 들어가 폴리모프 로션을 씻어내 변장을 풀었다.

"좌측으로 30미터만 걸으면 수풀이 나와. 그곳을 통해서 지하로 내려가도록 해. 마약 제조 시설이 숨어 있어."

"역시 당신이 있으니까 편하네요."

만약 알렉산드라가 없었더라면 경비원들을 하나하나 폭력을 통해 처리하고 고문을 해서 비밀 통로를 알아냈을 것이다.

그런데 정신 조작이란 힘이 있으니 별다른 노력도 하지 않고 평화적으로 단번에 알아낼 수 있으니 좋았다.

자오웨와 알렉산드라는 알아낸 비밀 통로를 통해서 식물원 지하로 내려갔다.

"누구야!"

계단을 통해서 내려가던 중, 요한의 수하로 추정되는 남자가 깜짝 놀라며 자동소총으로 두 여자를 겨누었다.

"죽어라."

알렉산드라의 목소리가 남자의 두뇌에 파고들었다.

"예."

남자가 자동소총을 내려두고, 외투 안에 넣어 둔 권총을 꺼내 스스로 자신의 머리를 겨누고 방아쇠를 당겼다.

타앙—!

총성과 함께 총알이 관자놀이를 꿰뚫으면서 허연 뇌수와 함께 피가 뿜어져 나왔다. 남자의 몸이 힘없이 앞으로 고꾸라지면서 묵직한 소리가 났다.

"움직이지 않아서 좋네요. 피도 묻지 않고요."

자오웨가 귀부인처럼 부채를 펼쳐 입가를 가렸다. 정신 조작이란 편한 힘 덕분에 괜히 힘을 뺄 필요가 없어 좋았다.

"자오웨."

"저도 알고 있답니다."

자오웨가 가슴골 사이에서 스마트폰을 꺼내 흔들었다.

새로 온 메시지를 확인한 자오웨의 기분 좋았던 얼굴이 사정없이 구겨졌다. 이마엔 퍼런 핏줄이 툭 튀어나왔다.

"알렉산드라, 다음부터 나오는 놈들은 제가 처리할게요."

"그가 보낸 사진이 그렇게 마음에 들지 않았나?"

메시지에는 사진 한 장이 첨부되어 있었다.

독일을 생각하면 떠오르는 소시지와 맥주를 들고 테이블에 앉아 한가하게 웃고 있는 정지우였다.

참고로 양옆자리엔 백고천이 미안하듯이 쓰게 웃고 있었고, 칭후는 마음에 안 드는 듯 미간을 찌푸렸다.

아무래도 주변 사람들에게 부탁해서 사진을 찍은 모양이었다.

— 니취팔러마(你吃饭了吗) ^^?
밥 먹었니?

뿌드득!

나선형으로 이어진 계단 위, 자오웨가 이를 섬뜩하게 가는 소리가 조용하게 울려 퍼졌다.

"하여간 한국인이란 것들은……!"

그리고 얼마 뒤, 식물원 지하에서 고통으로 가득 찬 비명이 흘러나왔다.

* * *

"웩, 이건 심한데."

능지처참된 요한의 수하들의 사진이 포함된 자오웨의 메시지를 확인한 지우가 질색했다.

"그러기에 왜 성질을 건드리고 그럽니까?"

백고천이 손가락으로 이마를 짚으며 못 말리겠다는 듯이 머리를 좌우로 절레절레 흔들었다.

"우린 원래 이러고 노니까 걱정하지 마."

지우가 피식 웃으면서 스마트폰을 주머니에 집어넣고 턱 끝으로 정면을 가리켰다.

세 명의 남자가 바깥에서 시간을 보내고 도착한 장소는 베를린 문화 포럼(Kulturforum) 지구에 속한 티어가르텐(Tiergarten) 지역의 카우프만 콘서트홀이었다.

오각형 모양을 한 독특한 모양을 지닌 것이 특징인 이 건축물은 베를린 내에서도 상당히 유명하다.

어떤 자리에 안 건 간에 무대가 잘 보이고, 소리가 잘 전달되는 객석은 콘서트 홀 중앙에 위치한 무대의 모든 면을 둘러싼 형태를 지니고 있다.

콘서트홀은 이름에도 알 수 있다시피, 율리아 카우프만이 소유한 건물이었다.

율리아는 세계적으로 이름을 날린 뒤, 거금을 들여서 오직 바이올린을 위한 건물을 지었다.

실제로 이 콘서트홀에선 바이올린 외의 악기는 존재하지 않으며, 오직 바이올린을 위해서만 사용된다.

“자, 그럼 어디 한 번…….”

율리아가 무대 위에 올라서자 객석에서 수많은 박수갈채가 쏟아지며 연주회의 막을 열었다.

“악마의 연주를 들어보실까.”

오른손으로 턱을 괸 지우의 입가에 진한 미소가 번졌다.

그리고 이내 율리아의 바이올린 연주가 시작된다.

첫 번째로 켠 곡은 니콜로 파가니니의 바이올린을 위한 24개의 카프리스(caprice) 중 24번이었다.

니콜로 파가니니 하면 라 캄파넬라(La Campanella)와 함께 떠오르는 곡 중 하나를 연주하는 율리아의 모습은 관객들의 입을 절로 벌어지게 만들 정도로 훌륭한 솜씨였다.

악마의 이름을 이은 기교도 기교지만, 바이올린 연주가 시작되자 사람들의 마음을 뒤흔드는 마력은 정말로 인간이 낼 수 있는 소리가 맞을까 싶을 정도였다.

협주곡에 참여하지 않는 그녀의 오만한 태도를 혹평하려 왔던 음악평론가들조차 머릿속이 하얗게 변해 손에 쥔 수첩을 바닥에 떨어뜨렸다.

'하, 과연.'

괜히 니콜로 파가니니의 재림이라고 불리는 것이 아니다.

저건 악마가 아닌 이상 인간이 행할 수 있는 힘이다.

그것이 천재적인 재능인지, 아니면 어떤 악마에게서 얻어 낸 힘인지는 알 수 없다. 그러나 무엇이건 간에 그 연주 실력이 대단하다는 것은 부정할 수 없는 사실이다.

'트랜센더스가 아니었더라면 나 역시 이 연주에 흠뻑 빠졌을 거야. 정신 차리지 않는다면 정신까지 조종당하겠는걸.'

세차게 박동치려는 심장을 진정시키고, 크게 파장을 일으키려던 정신이 차분하게 가라앉았다.

꽉 쥐고 있던 주먹에 힘을 빼고 동그랗게 떠졌던 눈매를 다시 원대로 되돌렸다.

주변은 살피니 이미 관중들은 넋을 잃은 얼굴이었으며, 심지어 몇몇은 정신을 잃고 기절하기도 했다.

다들 다양한 모습을 보여줬지만, 표정 변화가 없는 사람은 존재하지 않았다.

단 세 명만을 제외하고 말이다.

'흥, 일종의 음공(音功)인가…… 같잖군.'

징후는 하단전의 내공을 끌어올려 심법으로 마음을 다스렸다. 덕분에 율리아의 연주에 영향을 받지 않았다.

'우후후.'

백고천은 신을 생각하는 굳건한 마음, 신앙심 덕분에 역시 스스로의 마음을 다스릴 수 있었다.

아니, 애초에 이 셋 중에서 율리아의 연주에 영향을 가장 받지 않는 사람은 백고천이었다.

악마와 계약한 연주 따위, 신성 술법을 익히고 천사의 힘까지 손에 넣은 사람에겐 별다른 효과를 보지 못한다.

'음악과 리듬은 영혼의 비밀 장소로 파고든다.'

은은하고 감미로운 선율이 가슴 깊숙한 곳을 툭툭 건드려오자 자연스레 여태껏 살아왔던 인생을 되돌아보게 했다.

고대 그리스의 철학자, 플라톤의 남긴 말을 되새기면서 지우는 율리아의 연주에 집중했다.

도중에 연주가 영혼을 지배하려 들려는 것이 귀찮긴 했지만, 그것만 제외하면 감상도 나쁘진 않았다.

어차피 다시는 들을 수 없는 21세기 천재 바이올리니스트의 연주이니, 이 순간만큼은 즐기기로 생각했다.

그러나 상황은 그를 가만히 두지 않았다.

공연장 전체에 울려 퍼지던 바이올린 연주의 흐름이 어느 순간 뚝 하고 끊겼다. 지우의 감겼던 눈도 스스륵 떠졌다.

"이건 꽤나 무섭군요."

백고천이 어깨를 으쓱이면서 주변을 슥 둘러봤다.

이천여 명이 넘는 관객들의 시선이 모조리 한 곳으로 몰려 있었다. 무대 위의 연주가가 아니다.

바이올린 연주에 영향을 받지 않는 세 남자에게로 향하고 있었다.

또한 그 시선들은 하나같이 영혼을 잃은 것처럼, 초점 하나 잡히지 않는 눈동자인지라 섬뜩한 분위기를 형성했다.

더더욱 무서운 것은 다들 숨소리 하나 내지 않고 인형처럼 지우 일행들을 뚫어지게 쳐다보고 있다는 것이다.

"아까부터 음파가 제대로 흘러가지 않고 튕겨져 나와서 거슬렸는데 원인이 여기에 있었구나."

율리아가 선홍빛깔 입술을 침으로 적시면서 눈을 빛냈다. 그 눈은 관객들과 다르게 분노로 이글이글 타올랐다.

"널 저번에 한국에서 봤을 때……."

무대 위에서 이변이 벌어졌다.

제일 먼저 눈에 띄는 것은 검붉은 빛깔로 번쩍이는 마갑

(馬甲)을 두르고 시커먼 갈기가 돋보이는 전마(戰馬) 위에 앉은 삼 미터가량의 전사가 홀연히 나타난 것이었다.

사자의 갈기를 연상시키는 붉은 머리와 율리아의 분노를 증명하듯 불타오르는 눈을 보면 몸이 절로 얼어붙는다.

갑옷 틈새로 보이는 피부는 붉은빛을 감도는 황금처럼 빛나며, 중세 기사를 연상시키는 갑옷으로 무장하고 있다.

"그 눈이 마음에 들지 않아서 무척 신경 쓰였어."

율리아가 지우를 똑바로 쳐다보면서 중얼거렸다.

"저 악마의 불타는 눈을 쳐다보지 마십시오."

백고천이 경고하면서 시선을 살짝 아래로 내리깔았다.

말 위에 앉은 전사, 아니 악마의 신장이 워낙 큰 덕분에 눈이 마주칠 일이 없어서 어려운 일이 아니었다.

"52위, 알로켄(Allocen)의 불타는 눈을 들여다보면 자신의 죽는 모습이 보여 그 충격으로 일시적으로 실명하게 됩니다."

"나도 율리아를 상대하려고 솔로몬의 악마에 대한 지식은 머릿속에 집어넣었으니 걱정하지 마. 36개의 군단을 지휘하는 악마였던가."

"지옥의 대공 중 하나입니다만, 눈만 주의한다면 크게 대단한 정도는 아닙니다. 중세시대의 전사정도 되는 전투 능력은 가지고 있습니다만, 두 분께서 저 정도는 능히 상대할 수 있겠지요?"

알로켄은 점성술, 문법, 논리학, 수사학, 산수, 기하학, 천문, 음악 등 각종 문예에 통달해 있지만 그에 반면 무예에 대해선 전혀 기록된 것이 없다.

한편, 세 사람이 율리아와 그 악마에 관하여 대화하는 동안 율리아는 나름대로 꽤나 당황해하고 있었다.

"……너희는 누구지?"

한 사람도 아니고 세 사람이 알로켄의 힘을 빌린 음악에 전혀 영향을 받지 않고 있다. 그렇다는 건 한 명도 아니라 세 사람 전부 앱스토어의 고객이라는 의미다.

"글쎄, 우리가 과연 누굴까?"

지우는 여전히 좌석에서 일어나지 않은 채 반문했다.

율리아는 오른손에 쥔 바이올린 활을 아래로 내리며 눈썹을 찡그렸다.

"신원파악이 되지 않는 건 한 명밖에 없을 테니 언컨쿼러블은 아니겠지."

"적어도 그런 호구들은 아니야. 애초에 그들이라면 너에 대해서 알자마자 득달같이 달려들었을걸?"

"재미있네. 혹시나 해 봐서 던져봤는데 우리에 대해서도 알고 있다니…… 도대체 너희는 누구야?"

율리아 입장에선 세 남자는 혼돈 그 자체였다.

그동안 이 세계의 뒷면에선 두 조직의 알력다툼으로 이어져왔으며 또 철저하게 이들로 인해 움직여왔다.

새롭게 탄생한 고객이 있다면 두 조직이 나타나서 동맹 제의를 해 왔다. 언컨쿼러블의 제의를 거부할 경우는 악행을 하지 않는 이상 살아남았으나, 얼마 지나지 않아 디스페어가 나타나 목숨을 빼앗아 갔다.

앱스토어 덕분에 언어의 장벽도 문제가 없었으니, 서양이건 동양이건 가릴 것 없었고 항상 세상을 주시해 왔다.

그런데 갑작스레 한 명도 아니고 세 명이나 되는 고객들이 눈앞에 나타나다니!

"율리아 카우프만."

지우가 다리를 꼬고 깍지를 낀 손을 무릎 위에 올렸다.

"세상의 뒷면이 너희만의 무대인 줄만 알았나?"

정지우는 율리아의 눈을 똑바로 쳐다본다.

"그렇게 생각했다면 그건 크나큰 착각이고, 오만이야."

율리아는 아무런 말도 하지 않고 가만히 서 있었다.

"항상 아무것도 모르는 사람들을 이용하고, 때로는 그들 앞에 나타나서 세계의 비밀을 가르쳐 주고 농락했겠지. 하지만…… 그 반대의 기분이 되니 어떤가?"

알지 못하기 때문에, 무섭다.

무지(無知)로 인한 공포이다.

여태껏 두 조직을 마주한 고객들은 대부분이 공포를 느꼈다. 세상에 밝혀진 것과 전혀 다르게, 비정상적이고 거대한 힘을 보유한 두 조직이 싸우고 있단 것을 두려워했다.

그리고 몇몇 죽어 간 고객들은 디스페어를 보면서 베일에 가려져서 세상을 움직이는 진정한 흑막이라 칭했다.

확실히 디스페어는 흑막이었다. 언컨쿼러블은 그 흑막이자 악의 조직에게 대항하기 위한 정의의 조직이다.

하지만, '흑막이다' 가 아니라 '흑막이었었다.'

"우리는 누구도 아니다."

칭후가 제자리에서 일어나 팔을 휘둘렀다. 그러자 아무것도 없는 공간에서 방천화극이 튀어나왔다.

"우리는 아무것도 아닙니다."

백고천이 웃는 얼굴로 일어났다. 그의 뒤편에선 눈부실 정도로 새하얀 빛이 뿜어져 나왔다.

"우리는 우리다."

말이 끝나자마자 지우의 몸이 사라졌다. 잔상을 남길 정도로의 속도로 움직인 게 아니다.

공간과 공간 사이를 이동할 수 있는 능력, 텔레포트로 위치를 바꿔서 율리아의 옆에 홀연히 나타났다.

"흡!"

왼쪽 손목을 흔들자 빛의 검이 나타나 율리아의 바이올린을 노리고 수평으로 대기를 가른다.

"흥!"

율리아가 코웃음을 치자 알로켄이 상체 전체를 움직이면서 광검은 팔로 막고, 눈을 마주치기 위해 허리를 숙였다.

지우는 코앞에 알로켄의 얼굴이 내려오자마자 혀를 차면서 시선을 내리깔고 뒤로 몇 걸음 물러났다.

이에 율리아가 입꼬리를 비틀어 올리며 비웃으려했다.

하지만, 안도하기도 잠시. 칭후가 알로켄을 방패로 삼고 숨은 율리아의 후방에서 떨어졌다.

마치 철퇴가 아래로 떨어지듯, 모든 걸 박살 낼 것 같은 기세를 방천화극에 담아 수직으로 내리 긋는다.

쐐애액!

방천화극에 달린 창날이 대기를 양 갈래로 가르면서 섬뜩한 소리를 냈다.

"어딜!"

누구보다 소리에 민감한 율리아가 바이올린 활을 다시

들어 우아한 손짓으로 현을 슥 훑었다.

끼이이익—!

칠판을 손톱으로 긁는 듯, 끔직한 소음이 발생하면서 이윽고 충격파를 형성시켜 칭후의 정면을 후려쳤다.

"큿!"

칭후가 침음을 흘리면서 허공에서 화려하게 회전하여 율리아와 같은 무대 위에 착지했다.

"예의도 없고, 무드도 없는 걸 보니 너희도 독일 남자들과 다를 것이 없네. 적어도 분위기 파악 좀 하지 그래?"

율리아가 바이올린에 활을 올려 둔 채 경고했다.

"혹시 해서 말하지만, 이 자리에 있는 관객들은 우리와는 상관없는 일반인들이야. 또 내가 마음만 먹으면 연주로 인해 그들의 고막은 물론이고 뇌를 곤죽으로 만들 수 있지."

"흐응."

아직 관중석에 앉은 백고천이 심드렁한 반응을 보였다.

"그 말은 곧, 내가 이천 명의 목숨을 손에 쥐고 있다는 뜻이야. 무슨 말을 하는지 바보가 아닌 이상 알고 있겠지?"

"와, 누가 악의 조직 아니랄까 봐 비겁하네."

지우가 못 당하겠다는 듯 어깨를 으쓱였다. 그러나 그 얼굴엔 초조함도, 분함도, 분노도 없었다.

"하지만 말이지……."

방금 전까지 장난스러운 웃음과 여유는 온데간데없었다. 지우는 잘 벼린 칼날처럼 날카로운 눈빛을 빛냈다.

"아까 네 질문에 분명하게 대답하지 않았나?"

오른손은 주머니에 찔러 넣고, 왼손은 손바닥을 위로 내보였다.

"다시 한 번 말하지. 우린 언컨쿼러블처럼 어수룩한 정의의 집단이 아니다."

"너희의 태도가 허세인지 진실인지 시험하게 하지 말아줘. 이천 명의 무고한 사람들이 희생될 수도 있으니까."

율리아가 웃음이 싹 가신 얼굴로 재차 경고했다.

그러나 정체불명의 세 남자의 태도는 여전했다. 인질이 잡혀 있음에도 전혀 개의치 않아하는 얼굴이었다.

"저번에 봤을 때, 내 눈이 썩 마음에 들지 않다고 했지?"

지우가 뜬금없이 전혀 상관없는 질문을 던졌다.

"날 봐."

율리아가 시선을 피했다.

"날 보라고—!"

지우가 사자후를 연상시키듯 소리 질렀다.

다만 그 목소리는 사람이 아니라, 짐승을 닮은 듯 심각하게 일그러져 있었다.

그 눈은 섬뜩하고, 냉혹하고, 차갑게 불타올랐다. 현세가 아니라 지옥의 나락에서 흘러나오는 악귀들의 분노였다.

"널 죽이기 위해서라면 희생이 필요하다면 개의치 않겠어. 널 살려두는 것보단 그게 나으니까. 네 말대로 난 무고한 사람 이천 명의 죽음을 방관하게 될 테니, 어쩌면 괴로워할지도 모르지. 인질을 잡아둔 건 나쁘지 않은 선택이다."

뚜벅. 뚜벅.

지우가 율리아에게 천천히 다가갔다. 그의 발걸음 소리가 콘서트홀 전체를 다시 한 번 가득 메웠다.

알로켄의 육중한 몸집 아래 숨어 있는 율리아가 흠칫 하고 몸을 떨었다.

"허나 그런 짓을 한다면 넌 후회하게 될 거야."

지우는 그런 율리아를 똑바로 쳐다봤다.

"기필코."

제10장

과연 그 가치는 얼마일까?

'안 돼.'

율리아는 입술을 질끈 깨물면서 바이올린 활을 쥔 손에 힘을 주었다.

'저건 정말로 인질을 신경 쓰지 않을 눈이야.'

시커먼 무저갱처럼 속내가 보이지 않는 눈에 비추는 것은 오직 율리아 자신 한 사람뿐, 인질은 들어오지 않았다.

남은 두 사람도 마찬가지다. 백발의 남자가 관객들 사이에 있긴 한데, 보호하려는 건지 아닌지 목적이 불분명하다.

'그렇다면…….'

율리아가 도움을 요청하기 위해 스마트폰을 꺼낼까 생각했다.

주머니가 없는 드레스를 입었지만, 앱스토어의 상품으로 스마트폰을 어디서든 꺼낼 수 있었다.

"이봐, 설마 우리가 아무런 준비도 없이 이 자리에 왔다고 생각하는 건 아니겠지?"

"……."

"미안하지만 이 장소에서 전자기기는 통하지 않을 거야. 내 능력은 보다시피 이런 거라서 원하는 범위에 전자기 펄스를 사용할 수 있어. 전자 장비야 마음대로 엉망으로 만들 수 있단 말이야."

빠지직!

지우가 발바닥으로 지면을 가볍게 구르자 시퍼런 스파크가 튀기면서 바닥을 미끄러지듯이 슥 훑었다.

일렉트로를 끊임없이 사용하고, 또 트랜센더스로 정신력을 키워온 덕분에 이런 재주를 자연스레 쓸 수 있게 됐다.

공연장 내부의 불이 아직 꺼지지 않는 것은, EMP를 쓸 수 있는 범위조차 마음대로 지정할 수 있기 때문이다.

"뭘 모르나 본데……."

"뭘 모르는 건 너야. 나도 앱스토어가 장소나 상황에 구애 없이 사용할 수 있다는 것 정도는 알아. 그렇지만 전화나 메시지 등은 그렇지 않다는 걸 모르지?"

새로운 능력이 발굴되면 항상 그 능력의 한계가 어디까지인지 알 수 있도록 시험해 봤다.

그 덕분에 이런 여유를 부릴 수 있었다.

"순순히 목을 내놓은 것도 나쁘지 않은 방법이야."

"……흥!"

율리아는 가당치도 않다는 반응을 보이면서 바이올린 줄을 활로 슥 훑었다.

그러자 시커멓고 피를 머금은 듯한 색깔의 빛줄기가 땅에서 뿜어져 나와 책 한 권을 만들어 냈다.

"관장하는 영역은 용기와 대립과 장해—!"

파르르르

바람이 부는 것도 아닌데 책이 열리면서 페이지가 빠르게 넘어가며 한 부분에서 멈췄다.

"오라, 15위 엘리고스(Eligos)!"

책에서 시커먼 연기가 뿜어져 나와 형체를 만들었다.

칠흑의 갑주에 알로켄처럼 군마를 아래로 둔 아름다운 용모의 기사였다. 다만 알로켄과 달리 깃발이 펄럭이는 창한 자루를 왼손으로 쥐고 오른손에는 아가리를 쩍 벌린 배가 쥐어져 있었다.

"영 귀찮은 악마를 불러냈군요. 엘리고스는 미래, 특히 전쟁에서 어떻게 승리하는지를 소환자에게 가르쳐줍니다!"

백고천이 여전히 관객석에 앉아서 경고했다.

"나 게티아의 계약자이자 소환자인……."

펼쳐진 책이 또다시 휘리릭 소리를 내면서 페이지가 넘어가려 했으나, 지우는 기다려 주지 않았다.

"마법사의 영창을 멍청하게 기다려줄 줄 알았나!"

시야가 뿌옇게 일그러지다 싶더니만 채널을 변경하는 것처럼 바뀐다. 텔레포트로 인한 공간이동이다.

율리아는 눈앞에서 지우가 사라지자 흠칫 놀라며 얼른 몸을 돌려 활로 줄을 슥 훑어 음파를 뿜어냈다.

"어딜!"

지이이잉—!

음체의 진동을 받게 되어 형성된 진동이 주변을 쓰나미처럼 뒤덮었다. 그러나 단순히 음파의 전달 수준이 아니다.

어떤 수단인지는 모르겠으나, 음파를 초음파로 바꿔내고 이윽고 보이지 않는 물리력을 발생시켰다.

보이지 않는 음파의 칼날들이 화려하게 회전하면서 지우가 위치를 바꾼 장소에 쏟아져 내렸다.

쿠와앙!

후방에서 굉음과 함께 폭발이 일어났다. 무대 위는 예리한 칼날에 베인 것처럼 수많은 검상이 남았다.

흥, 하고 콧방귀를 낀 지우는 손에 쥔 광검에 힘을 주고 금무반지에 저장된 무공을 펼쳤다.

'금무검류(金武劍流)'

정신력을 근간으로 둔 뇌력이 내공을 대체하면서 변화가 일어나면서 시퍼런 뇌광이 몸에서 뿜어져 나왔다.

'자변식(自變式)'

원래라면 하단전의 내공으로 운영해야 하는 기술이다. 그렇지만 그걸 뇌력으로 대체하다 보니 원래의 것과 달랐다.

"하압!"

인간을 초월한 신체가 불을 뿜으면서 날아올라 엘리고스를 태운 흑마의 허벅지를 베었다.

자고로 장군을 치려면, 장군이 아니라 장군을 태운 말을 제일 먼저 처리하라고 하였다.

싸움, 나아가 전쟁에서 승리할 방법을 가르쳐 주는 엘리고스가 율리아의 악마 중에서도 성가시다.

"뇌광 — 제길, 뭐야. 왜 안 먹혀!"

분명히 흑마를 스치고 지나갔는데 어떤 데미지도 주지 못했다. 손에서 분명 벤 감각이 희미하게 느껴졌으니 빗나간 것은 아닌지라 더더욱 의문이 생겼다.

"Πάτερ ἡμῶν ὁ ἐν τοῖς οὐρανοῖς."

백고천에게서 그리스어로 된 기도문과 함께 백색으로 된 휘광이 달빛처럼 쏟아져 내리면서 지우와 칭후의 몸을 감싸 안았다. 몸 전체가 따듯해지고 편안해지는 기분을 느낀 지우가 입꼬리를 비틀어 올려 씩 웃었다.

"축복 비슷한 종류란 거지?"

백고천은 네덜란드가 아니라 독일로 데려온 것은 정답이었다. 악마가 상대라면, 그 반대의 힘을 소유한 백고천과 함께하는 것이 정답이었다.

"샤를로트 그 계집과 똑같이 재수 없는 힘……!"

성스러운 기운에 율리아가 소스라치게 놀라면서 목표를 바꿨다. 머릿속에서 엘리고스의 조언이 떠올랐다.

백고천은 그동안 전쟁에 참여하지 않았기 때문에 엘리고스에게 잡히지 않았으나, 그가 처음으로 힘을 보이자 엘리고스는 백고천의 위험순위를 일순위로 올렸다.

"그 백발에겐 손 하나 댈 수 없다!"

칭후가 백고천이 앉아 있는 관중석 앞에 서서 무협지에

나올만한 재주를 선보였다.

하단전에서 내공을 끌어올리고, 그 기운을 팔을 거쳐 손과 이어진 방천화극으로 옮긴다.

파츠츠츳!

물처럼 넘실거리면서 춤추던 기운은 이윽고 얼음처럼 굳으면서 창 전체를 얇게 코팅한 채로 고정됐다.

물체에 기를 맺히는 것으로 끝나지 않고, 기운을 유형화시키고 견고하게 다져서 날카롭게 만드는 힘 — 창강(槍罡)이었다.

"알로켄!"

율리아의 명령에 여태껏 그녀를 감싸 안듯이 보호하고 있던 알로켄이 삼 미터를 훌쩍 넘는 몸을 움직였다.

지진이라도 일어난 듯 쿵, 쿵 하고 무대 전체가 흔들리면서 알로켄이 칭후와 눈을 맞추려고 했다.

"칭후!"

"알고 있다."

백고천의 경고에 칭후는 두 눈을 감아 시각을 포기했다.

"멍청하긴!"

율리아의 비웃음과 함께 알로켄이 건틀릿으로 무장한 주먹을 내질렀다. 부웅 하고 묵직한 파공음이 터지면서 주먹이 칭후의 정면을 노리고 날아갔다.

"우오오오!"

칭후가 힘껏 성난 소리를 내뱉었다. 콘서트홀 전체에 그의 쩌렁쩌렁한 목소리가 울려 퍼졌다.

창대를 쥔 방천화극은 날아오는 주먹의 타이밍을 정확히 맞춰서 맞받아쳐냈다. 아니, 받아친 수준이 아니다.

기도문으로 인해 악마에게 물리적으로 데미지를 입힐 수 있으며, 또 그 어떠한 물체라도 자를 수 있는 창강의 특성이 뒤섞이면서 날아오는 주먹을 그대로 세로로 베어 갈랐다.

"뭔……."

'이때다!'

적이 동요하자마자 그 틈을 노려 움직여 재차 엘리고스가 앉은 흑마를 노리고 현란한 검술을 보였다.

시퍼런 빛줄기가 유성의 꼬리처럼 남자, 흑마의 네 다리가 잘리면서 피 대신에 시커먼 연기가 뿜어졌다.

위에 탄 엘리고스의 신체가 천천히 무너져 내리려 했으나, 엘리고스는 양 다리로 굳건히 서서 균형을 잡았다.

허나 그것도 잠시, 지우의 신체가 백색과 청색이 뒤섞인 잔상을 남기면서 엘리고스를 중심으로 회전했다.

'뇌광검란(雷光劍亂)!'

원래는 뇌광이란 이름은 붙지 않는다. 그렇지만 자변식으로 이름을 붙여서 재구성하여 사용했다.

검란이라는 이름에도 알 수 있다시피, 몸을 초고속으로 움직여서 불과 삼 초 이내에 수십 번이나 베는 초식이다.

엘리고스는 그래도 명색의 기사인 듯, 깃발이 펄럭이는 창으로 화살 비처럼 쏟아지는 검격을 받아쳤다.

허나 상성이 그다지 좋지 않았다. 백고천의 존재가 특히나 그랬다.

기도문으로 완성된 성스러운 축복은 부정의 힘을 모조리 막아 내고, 심지어 악마에게 치명적인 타격을 주었다.

엘리고스가 검격을 받아칠 때마다 축복에 실린 성스러운 힘에 의해서 창대가 가루가 되어 소멸해 버렸다.

이윽고 뇌광을 머금은 검격이 거미줄처럼 수많은 선을 그어내면서 엘리고스를 동강내버렸다.

"안 돼!"

전쟁의 지휘관이 허무하게 쓰러지자 율리아가 비명에 가까운 소리를 질렀다.

머릿속엔 아직 엘리고스의 조언이 남아 있으나, 하나같이 그다지 좋은 것들이 아니었다.

애초에 디스페어의 일원들에게 도움을 요청하지 못하고 혼자 남아서 세 명에게 공격받는 상황조차도 좋지 못했다.

세 명의 고객을 동시에 상대할 수 있는 건 디스페어 중에서도 거의 호아킨이 유일하다 싶었다.

"율리아, 언컨쿼러블도 멍청하지만 너도 다를 것 없어. 돈을 멍청하게 사리사욕에만 쓰면 못 쓰지."

공중에서 엘리고스를 산산조각으로 벤 지우가 지면에 가볍게 착지하면서 광검을 한 바퀴 돌려 잡았다.

"스트라디바리우스, 아마티, 과르네리. 바이올린계의 삼신기라 불리는 명기들을 수집하는 게 그렇게 중요했나?"

셋 다 바이올린 브랜드의 이름으로 여기에서 만들어진 바이올린은 하나하나 명기로 그 이름이 높다.

그러나 더 이상 만들 수 있는 장인이 남아 있지 않아 그 희소성 덕분에 부르는 것이 값일 정도이다.

하나하나 몇 십 억은 기본이고, 심지어 팔려는 사람이 아무도 없어서 박물관에서나 볼 수 있다고 한다.

"네가 숨겨 둔 바이올린들, 합산하면 수천 억 원을 가뿐히 넘을 정도로 많다고 하는데…… 너무 과했어."

"닥쳐! 뭣도 모르는 네가 뭘 알아!"

율리아가 주먹을 꽉 쥐었다. 어찌나 강하게 쥐었는지 손톱이 살을 파고들어 그사이로 피가 주르륵 흘렀다.

"아니, 그럭저럭 알고 있지."

지우가 공간을 접듯이 몸을 날려 율리아의 앞에 섰다.

율리아가 깜짝 놀라며 반항하려 했으나, 그의 움직임이 한 수 앞섰다.

지우는 율리아의 목을 손으로 낚아채 천천히 들어 올렸다.

"끅끅!"

율리아가 허공에서 발버둥 치면서 벗어나려 했으나, 그의 괴물 같은 악력 앞에선 속수무책이었다.

"네가 아직 성인이 되기 전, 수많은 기대를 받으면서 데뷔했을 때 — 넌 바이올린을 가르친 스승에게 명품악기를 선물 받으면서 이런 말을 들었지. '네 아버님의 실력을 모르는 건 아니지만, 그것보단 이게 더 뛰어나다.' 라고 말이야."

율리아 덕분에 카우프만 현대 바이올린 제작사는 명장이라 불리지만, 원래는 그렇게까지 이름이 높지 않았다.

애초에 클래식계에서 현대의 바이올린은 그렇게까지 대단한 정도는 아니다. 항상 최고로 손꼽히는 것은 삼신기처럼 몇 백 년 동안 이름을 알린 명품들이었다.

"그렇지만 아버지와 오빠의 작품을 등한시하고 싶지 않았던 넌 그걸 전면적으로 부정했어. 그로 인해 스승과 의견 차이로 사이가 나빠지고, 결국 사제의 연을 끊게 됐지."

허나 문제가 생각보다 컸다. 율리아의 스승은 바이올린계 중에서도 대부라 불릴 정도로 위상이 높은 사람이었다.

뛰쳐나간 제자 때문에 기분이 상한 율리아의 스승은 그녀를 배은망덕하고 삼신기를 욕했다면서 힐난했다.

결국 그 소문이 퍼지면서 율리아는 수많은 비난을 받게 됐고, 그로 인한 스트레스로 연주 실력이 떨어졌다.

"……율리아, 이렇게 하서라도 현대 바이올린 — 카우프만의 우수성을 알리고 싶었나?"

"끄으윽! 끅!"

"좋아, 그 소원 내가 대신 이루어주지."

피가 통하지 않자 율리아의 얼굴이 파랗게 질렸다.

"니콜로 파가니니의 재림이라고도 불리며, 바이올린 역사상 최고의 천재라 칭송받는 바이올리니스트."

"끄아아악!"

"율리아 카우프만이 불의의 사고로 목숨과 함께 잃은 바이올린은 도대체 얼마일까?"

요 근래 율리아라는 바이올리니스트가 남긴 행적은 신화

로 남을 정도로 압도적이다. 구세기의 바이올리니스트조차 율리아 만큼 영향을 떨치진 못했다.

자고로 예술이란 건 사후에 더더욱 가치가 드높아지기 마련이다. 특히 율리아가 아직 마흔도 되지 못한 어린 나이에 죽게 된다면 그 가치는 두말할 것도 없었다.

"일단, 널 죽이기 전에 그 기억은 받아가마."

사이코메트리 매니큐어(psychometry manicure) Ⅲ

– 구분: 기타, 소모품

– 상품을 구입해 주셔서 감사합니다.

– 당신이 혹시 형사거나, 첩보원이라면 이보다 걸맞은 상품은 없을 겁니다. 취향에 알맞은 색깔을 선택하시고, 손톱에 바르시면 사용하실 수 있습니다.

– 물체에 깃든 기억이나, 사람의 기억을 흡수할 수 있습니다.

– 살인 등 부적절한 곳과 관련된 기억을 흡수할 때 특히 주의를 요망합니다. 정신력이 강하지 못하면 마음이 붕괴할 수도 있습니다. 문제가 생기면 정신과 의사와 상담하세요.

– Ⅰ과 Ⅱ에 있던 문제를 해결하고 성능을 향상시켰습니다. 이젠 물이나 혈액, 합성용액이나 세제 등에도 잘 지워지지

않습니다. 그 대신 한 번 사용하면 매니큐어가 사라지니, 이 점 유의해 주시기 바랍니다.

– 또한 이젠 마구잡이로 기억을 흡수하지 않습니다. 원하는 정보만 빼낼 수 있으니 무척 유용하실 겁니다.

– 예쁘게 바르지 못해 마음에는 들지 않고, 그렇다고 기억을 흡수해서 소모하기엔 부담된다면 본사에서 판매하는 아세톤을 구매해 주세요. 시중에서 판매되는 아세톤으로는 지울 수 없습니다!

– 가격: 20,000,000

한때 세르게이가 사용했다던 사이코메트리 매니큐어였다. 이걸로 호아킨의 기억도 흡수했다.

네일 아트엔 취미가 없어서 색깔은 무색무광으로 고른 덕분에 손으로 만지지 않는 이상은 티가 나지 않는다.

소모품 주제에 가격이 상당히 비싸다.

"후우우……."

율리아에게서 흡수한 기억은 당연히 디스페어의 나머지 멤버들에 관한 정보다. 그리고 겸사겸사 호아킨이 남긴 유산처럼 재산을 축적할 만한 것도 흡수했다.

"쯧, 건질만한 게 없잖아."

그러나 호아킨과 다르게 율리아는 딱히 숨겨 둔 재산이라거나 하는 것이 없었다. 국제 콩쿠르에서 나가서 얻은 상금이나, 벌어들이는 돈 족족히 바이올린을 수집하는 데 투자한지라 현금은 거의 없다시피 했다.

물론 율리아의 재산 자체는 적은 건 아니다. 세계 곳곳에 있는 별장이나 헬리콥터, 전용기를 비롯하여 바이올린들은 돈으로 환산하면 어마어마할 정도다.

그렇지만 다들 출처가 분명한지라 이걸 건들 수 없는 것들뿐인지라, 지우는 적잖게 실망했다.

'그래도 바이올린은 자오웨에게 부탁해서 장물 형태로 암시장에 내다 팔면…….'

율리아가 남긴 재산을 어떻게 처리할지 고민이 들자 생각이 많아졌다. 돈을 벌 생각에 머릿속이 복잡해졌다.

"이봐요."

어떻게 할까 고민하고 있을 때, 백고천이 어느덧 지척까지 다가와 어깨를 두들기면서 그의 상념을 깨웠다.

"기억을 흡수했다면 좀 내려놓는 것이 어떻습니까?"

"……뭘?"

"숨소리가 일찍이 끊긴 그녀를 말하는 겁니다."

목뼈가 부러진 채로 축 늘어진 율리아를 가리켰다.

*　　*　　*

이튿날, 독일 — 아니, 세계가 발칵 뒤집혔다.

카우프만 콘서트홀에서 폭발 사고가 일어나, 바이올린계의 여제라고도 불린 율리아 카우프만이 사망한 것이다.

불행 중 다행으로 율리아밖에 사망하지 않았다. 천장이 무너지면서 돌무더기가 무대 정중앙에만 떨어진 덕분이었다. 그밖에 관객들은 생존할 수 있었다.

당연한 이야기지만, 지우 일행이 뒷 공작을 한 덕분에 이렇게 꾸밀 수 있었다.

어제 늦은 저녁, 율리아가 사망하자마자 연주에 이지를 상실했던 관객들은 모두 그 자리에서 실이 끊긴 인형처럼 쓰러지면서 정신을 잃었다.

조종 받을 때의 기억은 존재하지 않았는지라 다행히 조작할 수 있었다.

일단 지우와 칭후가 물리력으로 천장을 부숴 버렸고, 백고천이 미리 준비했던 방어막으로 관객들을 보호했다.

굉음이 터지자마자 구조대가 출동했고, 지우와 칭후는 관객들을 안전한 장소에 널브러뜨린 뒤 먼지구름을 묻혀서 증거를 조작했다.

이후 A.A를 실행시키니, 알리바이 앱이 알아서 증거들을 조작한 덕분에 유유히 빠져나갈 수 있었다.

참고로 연주회 티켓도 암상인에게 몇 배의 돈을 올려주고 산 덕분에 기록에도 남지 않을 수 있었다.

"여기는 사고 현장입니……."

독일의 방송사 등이 몰렸다. 수십 대의 카메라가 주변 광경을 촬영하면서 보도에 힘썼다.

"예, 여기는 끝났습니다."

구경꾼들과 취재진들을 멀리서 지켜보던 지우는 자오웨와 통화하면서 임무 종료를 선언했다.

— 이쪽도 별 문제없이 끝났어요. 마약뿐만 아니라 요한이 기르는 합성 식물도 있어서 함께 불태웠어요. 식물을 끔찍하게 아끼는 그라면 눈 좀 돌아가겠네요. 후후.

통화 너머로 자오웨가 즐거워하는 모습이 눈에 훤했다.

"잘 하셨습니다. 두 분이시니 뒷수습은 걱정할 필요 없을 테고, 이쪽도 별 문제없이 처리했습니다."

— 칭후에게 시켜서 율리아의 수집품들을 훔쳤다고 들었어요. 암시장에 내다 팔 생각인가요?

역시 자오웨, 돈 냄새에는 누구보다 민감하다.

"예, 부탁 좀 하겠습니다. 아, 그리고 여기서 나오는 수익은 나와 알렉산드라에게 요한몫 대신으로 넘겨줘요."

— 그건 상관없습니다만, 그로 인해 우리가 의심받을지 몰라요. 일반인 중에선 희생자가 나오지 않았으니 언컨쿼러블의 습격이라고 꾸밀 수는 있어도, 그녀의 수집품을 훔쳐서 파는 것이라면 우리의 존재를 눈치챌 걸요?

"인간의 욕심을 너무 우습게보지 않는 게 좋습니다. 율리아의 사망 소식이 알려지자마자 그녀의 별장에 벌써 도둑이 들었어요. 우리보다 빨리 움직였다니까요?"

— 어머.

자오웨가 놀라워하는 목소리가 들렸다. 율리아를 살해한 당사자들보다 먼저 움직였다니, 감탄이 절로 나왔다.

허나 율리아가 소유하고 있던 명품들이 최소 수십 억 원의 가치인 것을 생각해 보면 또 아주 이상한 것도 아니었다.

예로부터 율리아의 바이올린을 노리는 도둑들은 몇 차례 있었고, 지속적으로 도둑이 침입하는 사건이 있었다.

율리아는 사설경비원 몇몇만 놓고, 솔로몬의 마법을 이용한 함정을 깔아 두었지만 그녀 자신이 사망하면서 악마가 다시 지옥으로 돌아가 모든 함정이 무용지물이 됐다.

"그래서 일부러 혼란을 주기 위해 몇몇 도둑의 침입을 허용하고 바이올린 몇 개는 포기했습니다. 의심을 받진 않을 겁니다."

— 날이 갈수록 주작 솜씨가 늘어나시네요. 괜찮다면 양지 말고 음지쪽으로 와서 저와 함께 장사하는 건 어때요?

"괜한 사람 끌어들려고 하지 마시죠. 어쨌거나 칭후가 무한질량가방을 쥐고 바이올린을 훔쳤으니까, 처리 좀 부탁드리겠습니다. 수고비는 두둑하게 챙겨드릴 테니 걱정하지 않으셔도 됩니다."

— 좋아요. 그리고 당연하겠지만, 기억도 흡수했죠?

"네, 그들의 이름은……."

지우는 자오웨에게 새로이 얻은 정보에 대해서 간략하게 설명했다. 자세한 내용은 만나서 이야기할 생각이었다.

— 앞으로 계획이 잘 돌아가나 보고만 있으면 되겠네요.

"예, 요한이 물불 안 가리고 언컨쿼러블에게 덤벼들 겁니다. 어쩌면 다른 멤버들도 나서서 전면전이 벌어질지도 모르죠. 그렇게 되면 저희가 원하는 최고의 상황입니다."

아무런 피해도 없이 두 조직이 싸워서 알아서 공멸하는 걸 볼 수도 있다. 그것만큼 좋은 상황이 없었다.

"다만 전면전이 벌어지면 그들도 저희가 한 짓에 알게

될 상황이 큽니다."

요한이나 율리아를 습격한 건 모조리 언컨쿼러블이 뒤집어씌울 것이니 걱정할 것 없다.

그러나 그로 인해 전쟁이 일어나고, 서로 마주하게 되어 대화하면 제3의 세력이 존재한다는 걸 깨달을 터.

— 그때가면 별로 상관없는 일이잖아요?

"그렇죠."

지우 역시 영원히 자신들의 동맹의 비밀이 지켜질 것이라는 기대는 하지 않는다. 언젠가, 아니 근시일 내로 밝혀질 것이라고 예상하고 있었다.

"아, 그리고 이번에도 과거의 광경을 재생시킬 수 있는 마법물품을 이용할 수 없도록 손 좀 써두세요. 호아킨 때야 요한이 미리 손을 써뒀지만, 이번엔 아니니까요."

— 위선자 씨, 제가 뒤처리를 더 잘 한다는 걸 잊지 말도록 하세요. 당신이나 주의하세요.

"알겠습니다. 그럼 칭후가 중국으로 돌아갈 테니 바이올린을 처리해 주세요."

— 네. 아, 그리고 이쪽 일이 끝나자마자 알렉산드라를 네덜란드에서 황급히 떠나보냈어요. 아무래도 요한의 눈에 띄면 여러모로 곤란하니까요.

"어디로요?"

— 초코파이가 다 떨어졌다면서 한국으로 떠났어요. 먹을 것으로 매수하다니, 당신 좀 더러운 거 아니에요?

'이번에야말로 한국에 돌아가자마자 초코파이에 관련된 제과 회사를 인수해야겠어.'

농담이라 말할 것이 아니다.

동맹을 맺고 난 뒤에 더더욱 느낀 것이지만, 마인드 컨트롤의 그 범용성은 상상을 초월할 정도다.

초코파이 정도로 그녀를 기분 좋게 만들 수 있다면야, 얼마든지 투자할 수 있었다.

— 당신과 백고천은 이제 어디로 가죠?

"백고천은 오늘 아침 일찍 한국으로 떠났습니다. 전 아직 업무나 관광이라는 알리바이 때문에 며칠 동안 독일에서 머무를 예정입니다."

— 그럼 괜한 소란 일으키지 말고 얌전히 있다가 가도록 하세요. 파리에 머무르던 언컨쿼러블이 조사를 위해서 어젯밤 베를린으로 간 것은 알고 있죠?

"예."

— 알겠어요. 그럼 나중에 또 연락할게요.

통화를 종료하고 주머니에 스마트폰을 찔러 넣었다.

아직까지도 티어가르텐 지역에서 머무르면서 특별한 일이 없는 걸 확인한 지우는 몸을 돌려 중앙에 구멍이 뻥 뚫린 콘서트홀을 뒤로하고 발걸음을 옮겼다.

혼자 관광하기에도 좀 그래서, 사진 몇 장을 찍고 대충 알리바이를 만든 뒤에 호텔에서 휴식할 생각이었다.

산책하듯이 느긋한 걸음으로 티어가르텐에서 벗어나 대로변으로 나온 지우는 택시를 잡기 위해 손을 올리려했다.

"저기요!"

그러나 그런 그를 황급히 잡는 금발의 여성이 있었다.

머리를 옆으로 천천히 돌린 지우가 순간 눈을 살짝 크게 떴다가 원래대로 되돌리면서 그녀의 부름에 답했다.

"네, 무슨 일이시죠?"

"어머나, 뒤에선 볼 땐 몰랐는데 독일인이 아니셨군요. 그런데 독일어를 굉장히 잘 하시네요?"

"네, 친구들이랑 여행을 오려고 열심히 공부했거든요."

지우가 주머니에 손을 빼고 부드럽게 웃었다.

"그런데 무슨 일로 절 부르신 거죠?"

"이런, 내 정신 좀 봐. 정말 미안해요. 길을 좀 물어보려고 했거든요. 혹시 어제 사고가 난 카우프만 콘서트홀이 어디에 있는지 알고 계신가요?"

"네, 저쪽 방향으로 10분 정도 걸으면 나올 겁니다."

지우가 자신이 왔던 곳을 손가락으로 가리켰다. 외국에서 온 취재진들을 포함하여 수많은 사람들이 카우프만 콘서트홀로 향하는 것을 보고도 모르는 걸 보면, 아무래도 금발의 여성은 상당한 길치인 모양이었다.

"고마워요. 시간이 있다면 답례라도 해드리고 싶지만 친구들이 기다리고 있어서 그럴 수가 없네요."

"괜찮습니다."

"보아하니 여행을 즐기시는 것 같은데, 혹시 프랑스에 놀러올 생각이 있으시다면 파리에 있는 아멜리 제과점에서 샤를로트를 찾아주세요. 꼭 보답할게요."

길을 물어본 행인, 샤를로트가 환하게 웃었다.

제11장

상실과 슬픔 속에서 의문을 갖는다

미국 중앙 정보국 본부

버지니아주(Virginia州) 랭글리(Langley)

냉전 시절 러시아의 KGB, 영국의 MI6 등과 함께 나란히 첩보기관으로 이름을 알린 CIA의 정보본부장 데이비드 브레넌은 LAPD 국장 프랭크가 올린 보고서를 다시 한 번 읽으면서 주름살 가득한 미간을 좁혔다.

"후우……."

얼마 전, 전 세계적으로 악명 높은 호아킨의 죽음에는 여러 의문이 따라왔다. 그중 하나가 위성으로도 촬영할 수 없었던 호아킨이 죽은 날이다.

과학기술본부장과 더불어, 각 기관에 조사를 부탁했지만 다들 하나같이 '알 수 없다' 라는 답변만 돌아왔다.

아마 당시에 전자기 펄스 등을 펼쳐서 위성의 감시까지 일시적으로 피한 모양인데, 그 원인을 당최 알 수 없으니 미칠 노릇이었다.

프랭크의 보고서를 확인한 CIA의 국장과 부국장은 데이비드에게 이것이 어떻게 된 일인지 조사해 보라고 명했다.

그래서 데이비는 나름대로 요원들을 풀어서 멕시코도 가 보고, 호아킨이 머물렀던 별장도 조사해 보는 등 멕시코 정부의 힘까지 받으면서 이리저리 알아봤지만 사건은 여전히 오리무중이었다.

"도대체 무슨 일이 일어나려는 거지?"

최근 세계정세가 심상치 않다. 근 일 년 사이에 일어난 사건사고만 해도 크고 많았다.

중국 하얼빈에서 일어난 레드 마피아 항쟁이 그 무언가의 시작을 알렸다. 하얼빈에선 전직 KGB의 우수 요원이었던 세르게이가 수수께끼의 죽음을 맞이한 것부터 이상했다.

혹시 러시아 정부 자체가 무슨 수를 쓴 것이 아닐까 싶어서 조사해 봤는데, 그것도 아니었다.

하나부터 열까지 제대로 밝혀진 것이 없었다.

그리고 하얼빈 전쟁의 조사가 끝나기도 전에 멕시코에서 호아킨이 사망했고, 불과 며칠 전엔 세계적인 바이올리니스트가 사고로 목숨을 잃었다.

그러나 율리아 카우프만의 죽음에도 수상쩍은 것이 너무 많았다. 단체로 의식을 잃은 관객들, 그리고 그렇게 큰 사고가 일어났는데도 율리아만 죽은 것은 단순히 기적이라 칭하기엔 마음에 걸려도 너무 걸린다.

데이비드는 책상 위에 널 부러져 있는 서류를 두 장 꺼내서 서류에 딸린 사진을 확인하고 눈을 좁혔다.

"자, 너희는 대체 뭘 알고 있는 거지?"

* * *

네덜란드, 암스트레담

"아아아아악!"

기적의 힘으로 유전 정보를 조합하여 정성스레 키운 식물들이 재가 되어 뿌리 하나조차 남기지 못했다.

이탈리아나 러시아만큼 대단하지는 않지만, 그래도 돈을 써서 네덜란드의 마피아를 대거 고용해서 경비를 시켰다.

그러나 그들 모두 처참한 시체가 되어 식물 쪼가리들과 함께 바닥을 구르고 있었다.

"언컨쿼러블—!"

이 참사가 발견됐을 때, 감시카메라 영상에 기록된 것은 단 하나도 없었다. 목격자 역시 싸늘한 주검으로 발견됐다.

이런 마법과 같은 소행을 할 만한 자들이라면 당연히 숙적인 언컨쿼러블밖에 없었다.

비록 그들이 정의의 조직이긴 하지만, 만약 세상에 해악을 끼치는 악인들이 상대일 경우에는 봐주지 않기에 네덜란드 마피아가 전멸한 것도 전혀 이상한 건 아니었다.

요한은 멕시코에서 마를린을 죽일 뻔했던 사건 때문에 그들이 자신에게 복수를 하기 위해 벌인 일이라고 짐작했다.

그리고 소중히 키워낸 식물과 연구 자료가 모조리 사라진 것에 요한은 격렬하게 분노했다.

"이대로 당하고 있을 수는 없다!"

이제 디스페어의 멤버도 고작 세 명뿐이다. 이대로 가다간 언컨쿼러블과의 전쟁에서 패배하게 될 것이다.

요한의 의견을 받아들인 디스페어는 그동안 하던 일을 멈추고 언컨쿼러블을 상대하는 것에 집중하기로 했다.

지우가 계획한 대로, 요한이 물불 안 가리고 언컨쿼러블에게 복수해야 한다고 주장한 덕분에 나머지 두 명도 무거운 엉덩이를 들썩이며 수면 바깥으로 튀어나오게 됐다.

한편, 정작 모든 죄를 뒤집은 언컨쿼러블은 디스페어가 반격할 것이라곤 꿈에도 생각하지 못하고 있었다.

"디스페어에서 내분이 일어난 것일까요, 아니면 율리아는 아무것도 모르는 앱스토어의 고객이었을까요?"

카우프만 콘서트홀에 다녀온 샤를로트는 미리 마법으로 조사한 마들린에게 결과만을 물었다.

"글쎄, 난 그보다 이 일이 정말 디스페어와 관련된 일인지 의문이 들어. 너희도 알다시피 그들이 일반인들을 보호해 줄 정도로 상냥하지 않다는 걸 알고 있잖아?"

신상 정보가 한 사람을 제외하고 알려져 있는 언컨쿼러블과 달리, 디스페어에 관해선 알려진 바가 없었다.

언컨쿼러블이 아는 멤버라곤 호아킨과 요한 정도였다.

파리에서 베를린으로 온 것은 모종의 이유로 건물이 무너졌는데 율리아만 사망한 것이 기이했기 때문이었다.

그래서 어떻게 된 영문인지 찾아왔는데, 이곳에서 대체 무슨 일이 있었는지 도저히 알아낼 수가 없었다.

마들린의 조사 마법을 저지할 능력을 지닌 이들은 같은

고객, 그것도 디스페어 정도다.

"……잠깐, 제임슨. 너 대체 뭘 붙이고 온 거야?"

"응?"

"꼬리를 달고 왔잖아, 이 멍청아!"

혹시라도 단체로 움직이면 괜히 눈에 띌 것 같아서 파리에서 따로 출발해 베를린에 왔다.

그러나 제임슨을 다시 봤을 땐 성가신 미행이 붙었다.

마들린은 한숨을 푹 내쉬면서 마법으로 미행의 눈을 속여서 자리를 이동했다.

국제공항에서부터 제임슨을 미행하고 있던 정보기관의 요원은 눈앞에서 그를 포함한 일행들이 순식간에 사라지자 헛웃음을 흘리면서 중얼거렸다.

"데이비드 본부장이 미쳤나 싶었는데, 아니었잖아. 제임슨 그 새끼 대체 뭐지?"

* * *

인천국제공항

대한민국, 11월.

아직은 눈이 내릴 날씨는 아니다. 눈 대신에 비가 주륵주

륵 내리는 것이 창문 바깥으로 보였다.

변장을 하고, 아우라를 최대한 낮춰서 취재진들의 이목을 피하여 한국에 귀국한 지우는 미간을 좁혔다.

'성가신 취재를 피한 것까지는 좋았는데…….'

암표로 연주회에 참석하고, 알리바이를 여러 가지 만든 덕분에 의심을 받을 가능성은 없다.

그렇지만 아무래도 하얼빈 레드 마피아 항쟁과 이어서 율리아의 사고 때도 독일에 있었다고 알려진다면 '사고를 몰고 다닌다.' 라면서 약간의 의혹을 받을지도 모른다.

그래서 언론사에게 정보를 받아서, 취재진의 위치나 기자들의 신상을 파악해서 일부러 몰래 귀국했다.

하지만 영 거추장스러운 것이 붙었다.

'그렇지 않아도 베를린에서 우연이긴 해도 샤를로트에게 얼굴을 보인 게 마음에 걸려 죽겠는데, 가지가지 하는군.'

나지막이 혀를 쯧, 하고 차면서 화장실에 들어섰다. 그리고 텔레포트를 통해서 추적을 피해, 세이렌에서 내준 전용 차량에 탑승했다.

'저걸 잡기엔 아직 일러. 다시 추적이 붙으면 알렉산드라의 힘을 이용해서 처리하자.'

언컨쿼러블인지, 디스페어인지, 아니면 전혀 상관없는 세력인지 알 수 없는 지금은 허튼 움직임을 보일 수 없다.

"대표님, 독일에 다녀오시느라 고생 많으셨습니다."

전용 기사가 호선을 그리면서 부드럽게 웃으며 인사했다.

"아니요. 아침 일찍부터 절 마중 오신 기사님이야말로 고생 많으신 걸요, 뭐."

지우가 피식 웃으면서 괜찮다는 듯 제스처를 취했다.

"그나저나 대표님이 베를린에서 사고에 휘말리시지 않으셔서 천만다행입니다. 얼마 전에 그 왜, 천재 바이올리니스트가 사고로 인해 안타깝게 죽지 않았습니까?"

"아, 저도 독일에서 뉴스를 보고 깜짝 놀랐습니다."

지우는 천연덕스럽게 연기하면서 안타까움 반, 놀람 반이 섞인 얼굴로 기사와 대화를 나누었다.

"저번에 윤소정 씨의 신곡 발표 때도 연주하신 걸로 한국에서도 유명하지 않습니까?"

"알고 계시는군요?"

"예, 저도 나이가 있지만 가희의 팬인걸요. 아니, 나이에 상관없이 전 국민이 사랑할 겁니다."

기사가 쑥스럽게 웃었다.

"괜찮다면 사인을 구해다 드릴까요?"

“하하, 신경 써 주셔서 감사합니다. 하지만 대표 이사님의 기사인 덕분에 자식들 것까지 구할 수 있었습니다.”

기사가 싱글벙글 웃으면서 좋아하는 모습을 보였다.

“그것참 다행입니……응?”

대화를 이어가려 했으나, 주머니에서 진동이 울렸다. 혹시 바이올린 판매를 완료했나 싶은 기대감에 상대방을 확인했으나, 아쉽게도 자오웨가 아니라 한소라였다.

“네, 여보세요.”

* * *

“하아아…….”

지우와의 통화를 끝낸 한소라는 한숨을 푹 내쉬었다. 그녀는 자신의 행동을 후회했다.

‘연적을 위로해달라다니, 나도 참 바보야.’

신곡 발표 콘서트 이후, 한소라는 윤소정과 그럭저럭 친하게 지냈다.

비록 한 남자를 사이에 둔 연적이긴 해도, 자신들의 마음을 눈치채지 못하는 바보를 욕하는 재미가 들렸기 때문일까, 마음이 잘 맞아 따로 저녁을 먹기도 했다.

그리고 얼마 전, 율리아의 사고 소식이 뉴스를 통해서 나왔다. 신곡 발표 콘서트 때 봤던 그 바이올리니스트가 어이없이 죽었다는 소식에 한소라도 안타까워했다.

그러나 딱히 슬프거나 하지는 않았다.

한소라도 어릴 적부터 바이올린이나 피아노를 배워서 약간이나마 할 수 있었지만, 그건 어디까지나 약간 정도다.

그녀는 이미 일찍이 기업인으로서의 재능을 눈에 띄어 그쪽으로 공부했기에 음악엔 크게 관심이 없었다.

클래식 팬도 아니고, 또 율리아와 면식이 있긴 했으나 아주 잠시였기에 우울할 정도는 아니었다.

하지만 최근 사귄 친구, 윤소정의 경우에는 달랐다. 중국에서부터 이어온 인연도 있었고, 서로의 연주회에 참석할 정도로 사이가 좋은지라 율리아의 사고 소식에 굉장히 슬퍼하고 우울한 모습을 보였다.

일에 지장이 될 정도는 아니었지만, 그 모습이 안타까웠던 한소라는 결국 고민 끝에 연적을 조금 돕기로 했다.

한편, 한소라에게 연락을 받은 지우는 세이렌 본사 건물을 찾았다. 윤소정을 따로 만나는 건 스캔들 때문에 위험한 일인지라, 그녀에게 미리 집무실에서 기다리라고 했다.

"지우 씨!"

문을 열자마자 윤소정은 눈물범벅인 얼굴로 달려와 품에 안겼다.

그동안 일정한 선을 지키던 그녀가 안겨오자, 지우는 조금 당황했지만 이내 침착하면서 윤소정의 등을 토닥였다.

"으흐흑! 율리아가! 율리아가……!"

"저도 들었어요. 많이 힘드시죠?"

입 바깥으로 '천국에 갔을 거예요.' 라는 말은 차마 할 수 없었다. 그녀의 최후가 어떤지 알고 있었기 때문이었다.

'악마와 계약한 앱스토어 고객의 최후는 좋지 않았지.'

여태껏 앱스토어의 고객들은 입자로 변하면서 소멸했다.

양추선, 김효준, 세르게이가 그랬으니 율리아도 비슷한 최후를 맞이할 것이라고 생각했다.

하지만 생각과는 달리 율리아가 죽고 얼마 지나지 않아 그녀의 몸은 시커먼 연기에 휩싸이며 무대 중앙에 펼쳐진 솔로몬의 작은 열쇠, 게티아로 빨려 들어갔다.

악마와 계약한지라 아무래도 악마들에게 영혼이나 육체를 빼앗기거나, 혹은 지옥에 갔을 것이다.

그래서 시신이 없다고 의혹을 받을까 봐 앱스토어에서 가짜 시신을 구입하여 천장의 잔해를 이용해서 형체를 알 수 없게 뭉개뒀다.

앱스토어의 상품답게, DNA를 조사해도 들킬 염려가 없어서 좋았다.

"왜 이런 일이 일어난 거죠?"

'소정 씨가 생각보다 율리아를 좋게 생각했나?'

윤소정이 생각 이상으로 슬퍼하는 모습은 의외였다.

율리아처럼 독선적이고 악랄한 여자가 정말로 윤소정을 마음에 들어 하고, 우정을 생각해서 연주해 줬을 리가 없다.

윤소정에게 접근한 것도 앱스토어의 고객인지 아닌지 확인하려 했을 뿐, 그 이상 그 이하도 아닐 터.

하지만 윤소정은 율리아와는 달리 진심으로 그녀의 가면을 받아들이고 친구로 지냈다고 생각한 모양이었다.

"훌쩍, 훌쩍……."

품에 안겨서 울기를 몇 분, 윤소정은 조금 진정 됐는지 얼굴을 살짝 붉히면서 그의 품에서 떨어졌다.

그제야 자신이 누구에게 안겨서 어린아이처럼 엉엉 운지 깨달은 것이다.

연정을 품은 남자의 품에 안기는 것이 나쁜 건 아니었지만, 좀 진정되니 너무나도 부끄러웠다.

"자요."

로드 카페 세이렌 점에서 사 온 커피를 윤소정에게 건넸다. 한소라에게 윤소정이 침울하다는 걸 듣곤 조금이라도 마음을 진정시키려고 미리 커피를 사서 집무실을 찾았다.

"이것 좀 마시고 마음을 차분하게 가라앉히세요."

"네…… 고마워요."

윤소정은 커피를 건네받곤 얼굴을 푹 숙였다. 이렇게 있으니 그리운 생각이 떠올랐다.

'예전에도 이런 일이 있었지.'

포기하고 싶지 않은 꿈이 있었지만, 현실이라는 장벽에 가로막혀 절망했을 때 거짓말처럼 그가 나타났다.

값비싼 정장 차림인 지금과 달리 앞치마를 두르고 형편없는 옷차림이었으나, 그 누구보다 빛나보였다.

어쩌면 그때부터 지우에게 호감을 가진 것이 아니었을까.

'거리도 그대로네…….'

장소도 상황도 다르지만, 거리만은 변화가 없었다.

지우는 바로 옆이 아니라, 약간 떨어져 앉아 머쓱한 얼굴로 머리를 긁적였다.

그 역시 방금 전의 포옹이 어색했던 모양이다.

"저, 괜찮다면 율리아의 장례식에 참여해도 괜찮을까요?"

침묵으로 가득한 어색한 분위기를 깬 건 윤소정이었다.

단순하게 이 분위기가 싫어서가 아니라, 진심으로 율리아를 친구로서 좋아했기 때문이었다. 적어도 장례식에 참여하면서 그녀를 떠나보내고 싶었다.

하지만

“안 돼요.”

지우가 엄한 얼굴로 반대했다.

전혀 생각하지 못한 답변에 윤소정이 눈을 휘둥그레 뜨면서 놀랐다. 설마 반대할 줄은 몰랐기 때문이었다.

“아, 일정이라면 괜찮아요. 스케줄을 확인했으니…….”

“그런 게 아닙니다.”

지우가 여태껏 보지 못했던 차가운 표정을 지으면서 단호한 어조로 말했다.

“안 됩니다.”

‘소정 씨가 디스페어의 눈에 띌 지도 몰라.’

율리아의 장례식이라면 디스페어의 일원들도 참석할지 모르는 일이었다. 그런 곳에 델타 단계의 아우라를 지닌 윤소정이 간다면 분명 주목을 받을 것이다.

겨우 율리아의 시선에서 윤소정과 자신을 떨어뜨렸는데, 바보 같은 짓을 하게 놔둘 수는 없었다.

“왜……죠?”

윤소정은 지우가 이렇게까지 반대하는 이유를 도저히 이해할 수 없었다.

그동안 자신의 부탁이라면 설사 스케줄을 취소하는 일이 있어도 손해를 감수하고 자신의 편의를 봐줬던 지우다.

그런 사람이 웃음기 싹 가신 얼굴로, 그것도 단 한 번도 보지 못했던 차가운 얼굴로 반대하는 것이 신경 쓰였다.

"……팬들도 많이 걱정하고 있어서 그렇습니다. 그리고 율리아의 장례식에 참석하면 기자들도 관심을 많이 가지게 되면서 소정 씨도 힘들어질 거예요. 참여하지 않는 게 좋아요."

지우가 옅게 웃으면서 윤소정의 어깨를 가볍게 토닥였다.

"좀 더 이야기를 나누고 싶지만, 독일에서 막 돌아온지라 피곤하네요. 나중에 또 얘기해도 괜찮을까요?"

"……네, 알겠어요."

윤소정은 고개를 주억거리곤 몸을 돌려 문을 조심스레 열었다가 닫으며 집무실 바깥을 걸었다.

복도를 걷던 도중, 그녀는 의문이 깃든 얼굴로 생각에 잠겼다.

'지우 씨, 왜 저한테 거짓말을……?'

흔들림 없는 눈동자, 떨리지 않는 목소리를 보면 딱히 거짓말 하는 것처럼 보이지는 않았다.

그렇지만 윤소정에게 단 한 번도 본 적 없는 표정을 지은 지우의 모습에서 무언가가 숨겨져 있을 것이라고 확신했다.

피곤하다는 이유로 자신을 내보낸 걸 보면, 거짓말을 하는 것 같았다.

한편, 거짓말을 한 장본인은 윤소정을 내보내자마자 박영만에게 곧바로 전화했다.

"박영만 사장님, 소정 씨가 율리아의 장례식에 참여하지 못하도록 해두세요. 지금 상당히 정신적으로 불안한지라, 만약 장례식에 참여하면 쓰러질지도 모르니까요. 그리고 이건 되도록 비밀로 해 주시고요."

— 네, 그렇게 하겠습니다.

"설사 소정 씨가 억지를 부려도 막으셔야 합니다. 절대 보내지 마십시오."

불안한 나머지 박영만에게 따로 연락해서 부탁도 해 뒀다.

윤소정이 베를린에 가 버리면 여태껏 공을 들인 계획이 모조리 재로 변할지도 모르는 일. 그렇게 둘 수는 없었다.

'소정 씨를 다시 위험에 빠뜨릴 수는 없어.'

*　　*　　*

— 로드 기업의 정지우 대표 이사, 제과점에서 눈을 돌려 초코파이로 이름 높은 제과점의 대주주로 오르다.

"자."

신문을 읽던 알렉산드라는 지우가 문을 열고 들어와 초코파이를 던지자 희미하게 웃으며 좋아했다.

"네가 하는 사업 중에서 제일 마음에 드는걸."

초코파이를 손으로 툭툭 치면서 알렉산드라가 기사의 이야기를 했다.

원래는 알렉산드라를 위해서 제과점 자체를 인수할까 싶었는데, 그렇게까지 할 필요는 없어서 그냥 주식 대부분을 구입하여 대주주가 되는 걸로 만족했다.

"얼마 지나지 않아서 러시아로 유통되던 한국의 제과가 카운트리스로 옮길 겁니다."

그야말로 돈의 횡포, 압도적인 갑의 횡포 그 자체였다.

참고로 카운트리스는 알렉산드라의 가짜 신분 중, 엘레나라는 주주가 있는 러시아의 대형 쇼핑센터였다.

지우의 화끈한 선물에 알렉산드라는 무척 좋아했다.

지긋지긋한 두 조직과의 싸움이 끝난 이후에도 러시아에서 초코파이를 원하면 마음껏 즐길 수 있었다.

"그리고 그건 시중에 구할 수 없는 초코파이 시제품 중 하나입니다. 그거 구하느라 좀 고생했어요."

사실 대주주라 그렇게까지 고생 안 했다.

"네 센스가 날이 갈수록 늘어져서 좋아."

알렉산드라의 입꼬리가 씰룩였다.

"제 건요?"

백고천이 손가락으로 자신을 가리키며 물었다.

"사 먹어."

백고천에게 줄 선물 따위는 없었다.

"그보다 알렉산드라, 할 일이 있어. 누군지는 모르겠지만 날 따라다니는 시선이 있어. 내가 잡을 테니까 마인드 컨트롤로 심문 좀 해 줬으면 해."

"음, 으음…… 좋아."

알렉산드라가 초코파이를 음미하면서 대충 답했다.

"꼬리나 달고 다니다니, 한심해서 못 봐 줄 지경이네요."

문이 열리면서 자오웨가 들어왔다.

아무리 한겨울은 아니더라도, 11월에 여전히 차이나 드레스를 고수하는 것 좀 과한 감이 있다고 생각했다.

어깨에 앞섶을 잠갔을 때 겹치지 않는 형태, 싱글 브레스티드 롱 코트를 걸치긴 했어도 추워 보였다.

"안 추워요?"

"한서불침이라서 상관없어요. 당신도 마찬가지 아닌가요?"

"그건 그렇긴 하지만……."

기본적으로 육체적 능력이 인간의 한계를 초월한 덕분에, 더위도 추위도 문제없었다.

"전 더위나 추위를 막으려면 지속적으로 신성력을 소비해야 하는데, 여러분이 참으로 부럽습니다."

백고천이 따듯한 커피로 손을 데우면서 말했다.

"흥, 굳이 내공을 쓸 필요도 없다. 평소에 육체적인 단련을 빠짐없이 했다면 추위 따위 별거 아니지."

자오웨의 뒤편에서 칭후가 코웃음을 치면서 말했다.

"서울은 따듯한 편일 텐데……?"

알렉산드라가 이해가 안 가는 얼굴로 갸웃거렸다.

"닥쳐요. 불곰국 사람은 예외입니다."

적어도 알렉산드라의 고향은 러시아 남부 지방은 아닌 모양인 듯, 추위에 익숙해 보였다.

"잡설은 그만하고 슬슬 본격적인 이야기를 하죠. 일단 붙은 꼬리의 처리는 당신이 알아서 처리해 주세요."

"그렇게 하죠. 그보다 바이올린부터 얘기해 주시죠."

율리아가 소유한 바이올린은 무려 백여 개였다.

그중에서 일반인들에게 빼앗긴 것이 20개, 칭후가 회수한 바이올린은 70개였다. 참고로 그중 10개는 스트라디바리우스 같이 명품 악기가 아니라, 카우프만의 것이었다.

"설마 저도 바이올린이 이렇게까지 인기가 있을 줄은 상상도 하지 못했어요. 다 풀지도 않았는데도 암시장과 비밀 경매장에 내놓자마자 잘 팔리던데요?"

"그래요?"

지우가 눈을 반짝이면서 기대 어린 표정을 지었다. 과연 바이올린들이 얼마에 팔렸을지 궁금했다.

"솔직히 저도 팔린 걸 보고 제 눈을 의심했어요. 열두 개를 내놓은 스트라디바리우스는 5,500만 달러예요."

"허어!"

지우조차도 입을 떡 벌리지 않을 수 없었다.

5,500만 달러를 원화로 환산하면 639억하고도 5,400만 원이나 된다. 그 압도적인 가격에 놀라지 않을 수 없었다.

무엇보다 중요한 건, 아직까지 열두 개밖에 풀지 않았던 점이다.

"그것도 장물이라서 이 정도로 가격이 떨어진 거예요. 비밀 경매장에서 경매 시작 5분 만에 43억 원이 튀어나오고 종료됐다는 소식에 제 귀를 의심했다니깐요?"

바이올린은 원래 더럽게 비싸기로 유명하다. 프로들 사이에선 심지어 수백만 원 대의 바이올린은 연습용이나 초보자용이라 취급을 할 정도였다.

제작된 지 300년이 지났고, 역사적 가치가 있으며 수량이 한정되어 있는 명품 악기는 이처럼 터무니없이 나오는 가격이 나온다.

"43억 원도 최소라서 그렇지, 한 대에 백억 원이 넘은 것도 있었어요. 장물이 아니었더라면 적어도 천억 원은 넘게 받을 수 있었을 텐데 참으로 아쉽네요."

"정당하게 구입한 것이 아니니 어쩔 수 없지 않습니까. 과르네리를 시장에 내놓을 때는 얼마에 팔릴지 기대되는군요."

과르네리는 바이올린 삼신기 중에서도 값이 가장 높다. 전 세계에서도 고작 150개 밖에 존재하지 않기 때문이다.

대다수는 박물관에 전시되어 있고, 소량만이 개인이 소지하고 있는데 그중 한 명이 율리아였다.

그야말로 부르는 것이 값. 돈 벌 생각에 절로 흥분됐다.

“아니, 역시 제일 기대되는 건 율리아가 카우프만 연주회에서 쓰던 바이올린이겠군요.”

“그렇지만 한동안은 팔 수 없으니 유의하세요. 율리아가 워낙 거물이었는지라 함부로 내놓기가 좀 그래요. 고작 12개 처리하는데도 얼마나 힘 쓴지 아세요?”

“수고하셨습니다. 그 보상은 두둑하게 챙겨드리겠습니다.”

만약 암시장에 훤히 알고 있는 자오웨가 아니었더라면 바이올린을 손에 넣어도 팔지 못했을 것이다.

그녀와 손잡은 것이 그다지 나쁜 것만은 아니라고 생각했다.

“이럴 줄 알았으면 저도 네덜란드 마약 유통을 포기하고, 바이올린 몫을 받을 걸 그랬어요.”

“이미 약속하셨으니 꿈도 꾸지 마시죠.”

“저 그렇게 쪼잔한 여자 아니에요.”

자오웨가 불쾌하다는 듯이 눈썹을 구부렸다.

“그런데 율리아 그 여자, 정말로 버는 족족 돈을 바이올린에 죄다 투자한 것 같네요. 도대체 왜 바이올린에 이렇게나 많은 돈을 쓴 거죠?”

자오웨의 입장에서도 율리아의 행동은 전혀 이해할 수 없는 노릇이었다.

제12장

생각지도 못한 공격에 웃음 짓다

“카우프만의 악기는 현대 바이올린 중에서도 견줄 것이 없다고 평가되는 명품입니다. 즉, 반대로 말하면 스트라디바리우스처럼 명기들을 제외하면 최고의 자리에 오를 수 있다는 뜻이죠.”

지우 대신에 백고천이 검지를 들어 친절하게 설명했다.

“정확히는 알 수 없지만, 아마도 바이올린 명기들을 한 곳에 모아서 전부 파괴할 생각이었을 겁니다. 그럼 오로지 카우프만만이 바이올린의 명장으로 남겠지요.”

백고천의 말에 지우가 덧붙여 설명했다.

"고작 그런 이유로 얼마인지 감도 안 잡히는 돈을 투자해서 바이올린을 수집했다고요?"

이야기를 들어도 자오웨는 전혀 이해하지 못했다.

"아무리 최고라는 명예가 중요하다곤 하지만……."

카우프만은 이미 율리아로 인해 그 가치가 삼신기에 견줄 정도가 됐다.

최고라는 명예욕이 이해가 안 가는 건 아니지만, 들어간 돈을 생각해보면 너무 비효율적이다.

"아마 우리로는 영원히 이해할 수 없을 겁니다."

지우 역시 이해 못 하는 건 마찬가지였다.

기업가이며 투자자인 지우도 미래를 위해서라면 돈은 얼마든지 투자하고 또 아까워하지 않는다.

그러나 카우프만처럼 이미 충분히 시장을 독점한 채로 과거의 영광을 삭제하고 그 자리를 대신하려는 행위는 이해해 보려고 머리를 굴려 봐도, 도저히 이해할 수 없는 일이었다.

"율리아를 추모하기 위해 영화로 제작한다고 합니다."

백고천이 어제 본 기사를 떠올린 듯, 율리아의 사후 소식에 관해서 한 가지를 꺼내 알려줬다.

"확실히 율리아의 생을 영화로 만들어질 만하지."

여태까지 앱스토어의 고객 대부분이 그랬듯, 율리아 카우프만의 생도 참으로 불행하고 비참하게 얼룩졌다.

율리아의 어머니는 일찍이 몸이 좋지 않아 세상을 떠났고, 바이올린 장인이었던 아버지의 손에서 키워졌다.

하나밖에 없는 오빠는 아버지의 후계자가 됐으며, 자신은 바이올린에 재능을 떠서 가족의 바이올린을 들고 연주회에 참여했다.

그러나 율리아의 문제로 인해 카우프만은 당연하듯이 몰락했고, 가족이 거리에 나앉게 되고 그녀의 아버지는 가보로 전해져오는 바이올린까지 팔고 입에 풀칠을 하면서 처절하게 살다가 얼마 지나지 않아 결국 교통사고로 사망했다.

"가업을 이은 오빠도 낮에는 공장에서 일하고, 밤에는 바이올린을 제작했지. 하지만 운 나쁘게도 공장에서 일하다가 사고로 손목이 절단되면서 그 충격에 자살했어."

"카우프만도 삼신기처럼 더 이상 제작할 사람이 남아 있지 않죠? 율리아의 소원대로 이젠 사신기라 불리겠네요."

백고천의 말에 지우가 고개를 위아래로 주억거렸다.

"그래."

카우프만의 바이올린은 두고두고 회자 받으면서 명기라고 칭송받을 것이다.

그도 그럴 것이, 데뷔 이전부터 그것을 사용한 것이 역사상 최고의 천재라 불리는 율리아 카우프만이다.

거기에 이제 제작할 사람은 살아 있지 않으니, 오늘로부터 몇 백 년 후면 삼신기의 명예를 누를지도 모른다.

"아, 이야기가 잠시 다른 길로 샜네요. 저희가 이런 이야기나 하려고 모인 것은 아니었죠?"

자오웨가 눈을 껌뻑이면서 아차 하는 표정을 지었다.

꼬았던 다리의 위치를 바꾼 그녀가 다시 말했다.

"신원 파악이 되지 않은 둘에 대해서 말해 주시죠."

"먼저— 이탈리아의 화가이자 조각가인 로베르토 피델리오(Roberto Fidelio)"

"유명한 사람입니까?"

예술에 문외한인 백고천이 물었다. 그래도 어릴 적 교회를 다니면서 찬송가를 부른 적이 있어 율리아 등 클래식엔 그럭저럭 지식이 있었지만, 미술이나 조각 등에 대해선 아는 것이 없었다.

"율리아처럼 세기의 천재라는 수준은 아니지만, 그럭저럭 이름을 날린 예술가예요. 원래는 모작가로 입에 풀칠만 하면서 겨우겨우 살다가, 갑작스레 신들린 솜씨를 자랑하면서 수많은 명화와 조각을 만들었다고 해요."

"흥, 굳이 듣지 않아도 되겠어."

칭후가 말한 대로, 어떻게 된 일인지는 뻔한 일이었다. 어떤 사정인지는 모르지만 비참한 삶을 살았고, 기적의 힘을 얻어서 화가의 재능과 조각가의 재능을 소유했다.

"하지만 율리아와는 좀 다르죠. 기적의 힘을 소유한데도 왜 그럭저럭 정도의 수준으로 끝냈는지가 의문이니까요."

기적의 힘을 제대로 이용한다면 레오나르도 다 빈치, 미켈란젤로, 반 고흐 등 수많은 예술가들과 함께 살아 있어도 나란히 이름을 올리고도 남는다.

얼마 전까지만 해도 율리아가 그걸 증명했으니, 불가능한 일은 아니었다.

"율리아의 기억 속에서도 로베르토는 좀 애매한 인간입니다. 요한이나 율리아처럼 정신 나간 사상을 지닌 것도 아니고, 동맹 제의를 받은 것도 힘이 약한 나머지 죽고 싶지 않아 받아들인 것 같더군요."

"호오, 어쩔 수 없는 상황에 들어갔다면 빼내올 수도 있지 않나?"

알렉산드라가 관심을 보이면서 제안했다. 만약 로베르토의 마음이 디스페어에 없다면 동맹원으로 데려오는 것도 나쁘지 않은 방법이다.

"나도 그걸 생각하지 못한 건 아니지만, 애석하게도 그럴 만한 놈이 아니야. 살아 있는 사람을 석화해서 조각으로 만드는 취미를 지니고 있거든."

"애매한 인간이 아니라 미친놈인데요?"

자오웨가 어이없는 듯이 코웃음을 쳤다.

"맞습니다. 애매하다는 평가는 어디까지나 특별히 이루려는 목적이 없어서 그런 겁니다. 동맹원이 필요로 하면 여러 임무에 힘을 써주긴 해 주지만, 적극적이진 않죠."

"그렇다고 악의 조직의 사상을 싫어하거나 반대하는 것도 아니고…… 제가 보기엔 세상사에 무관심하지만, 목숨이 아까워서 조직에서 그냥저냥 활동하고 있는 것 같네요."

"예, 전체적으로 주의할 만한 인물이긴 하지만 신경 쓸 정도는 아닙니다. 문제는 그다음 여자죠."

"카르밀라 바토리(Carmilla Bathory)"

자오웨가 눈을 가늘게 뜨면서 경계 어린 모습을 보였다.

그도 그럴 것이, 카르밀라가 이 오랫동안 이어진 싸움을 열게 된 장본인이자 악의 근원이기 때문이었다.

절망의 수장이자, 미쳐 버린 흡혈귀

"제대로 알려진 것이라곤 성별뿐이다. 그 외에는 국적, 연령, 가족 관계 등 밝혀진 바가 하나도 없어. 이름조차 진명인지 가명인지 알 수가 없더군."

"설마 하오문의 힘으로 밝힐 수 없는 것이 있을 줄은 몰랐어요. 털어도 먼지 하나 나오지 않더군요."

자오웨가 기가 질린 듯 어깨를 으쓱였다. 허나 그 얼굴은 무엇인가 마음에 안 드는 듯, 일그러져 있었다.

"2007년 정도에 돌연히 나타나 세계 곳곳을 돌면서 신규 고객들을 귀신같이 찾아내면서 손을 쓰기 시작했지. 마음에 들면 동맹을 맺고, 그렇지 않으면 죽여 버렸어. 율리아의 기억에 의하면…… 그 미친년의 손에 목숨을 잃은 고객들의 숫자만 해도 족히 수백 명이야."

힘을 기른 앱스토어의 고객은 하나하나가 부담스럽지만, 아직 아무것도 모르는 신규 고객의 경우는 예외다.

지우만 해도 돈이 없고 전투 경험이 없어 일반인이나 다름없는 신규 고객이 상대라면 백 명 정도도 능히 상대할 자신이 있었다.

"무엇보다 그 외의 행적도 너무나도 악랄하고 정신이 나가서 기존의 멤버들조차 카르밀라를 피했다고 해."

"그 외의 행적이라면……?"

"처녀들을 수십 명씩 강제로 납치해와 아이언 메이든으로 피를 쥐어 짜내 목욕을 하거나, 어린아이들의 머리를 잘

라서 앞에 두고 고기를…….”

“그만, 불쾌하군요. 대충 어떤 미친년인지 알겠습니다.”

자오웨가 그녀답지 않게 비위가 상한 듯, 입가를 부채로 가렸다. 그녀뿐만 아니라 다른 동맹원들의 반응도 비슷했다.

칭후는 혐오와 분노로 타오르는 눈을 보였고, 알렉산드라도 초코파이를 내려놓고 두 눈을 지그시 감았다.

백고천도 웃음이 싹 가신 표정으로 할 말을 잃은 듯했다.

트랜센더스로 나름대로 정신이 튼튼한 지우 역시 율리아를 통해서 카르밀라의 기억을 얻고 동요한 수준이었다.

다행히 트랜센더스가 반응하여 멘탈에 영향을 가려던 때, 순간적으로 막아줘서 다행이었다.

‘카르밀라의 기억만큼은 흡수하고 싶지 않아.’

천하의 정지우도 질겁할 정도로 카르밀라 바토리의 성격과 행동은 살인마가 귀엽게 보일 정도였다.

정말로 사람이 아니라 흡혈귀는 아닐까 싶을 정도다.

식인행위 외에 저지른 그밖에 행동도 상상을 초월할 정도이고, 또한 그 행위에 카르밀라는 쾌락을 느끼며 좋아했다.

“카르밀라 바토리의 목적은 뭐지?”

눈을 슬며시 뜬 알렉산드라가 물었다.

"몰라."

로베르토처럼 없는 것이 아니라, 모른다.

아니, 정확히는 당최 무슨 생각을 하는지 알 수 없었다.

"최초에는 세계의 정복이었지만, 얼마 지나지 않아서 멸망으로 변했어. 또 어쩔 때는 목적 없이 즐기는 것에 불과하다고 했지. 하루, 아니 반나절 만에 다른 목적이 튀어나와. 어쩔 때는 로베르토처럼 무관심하거나, 여자들을 죄다 죽이고 역하렘을 만들겠다는 등…… 도통 알 수가 없어."

카르밀라 바토리는 미쳐도 단단히 미쳤다.

괜히 호아킨이나 요한, 그리고 율리아조차도 카르밀라를 이상하게 보거나 이해 못 한 것이 아니었다.

비록 그 셋 역시 생각 이상으로 맛이 가긴 했지만, 그들 입장에서조차 카르밀라는 당최 속을 알 수 없는 여자였다.

"앞으로 있을 전면전에서 부디 죽어줬으면 하네요. 그런 미친년이랑은 말도 섞고 싶지 않아요."

'어라, 엄청 싫어하네.'

생각 이상으로 자오웨가 카르밀라의 일화를 듣고 경멸하는 모습을 보였다. 칭후도 마찬가지였다.

물론 이 이야기를 듣고 아무런 감정을 보이지 않는다면 그건 그거대로 더 이상하겠지만, 필요하기만 하면 살인도 마다하지 않는 독종이자 항상 여유를 잃지 않던 잔인무도한 여자가 이렇게까지 병적으로 싫어하니 신기했다.

"당신은 대체 저에 대해 어떻게 생각하고 계셨나요? 제가 아무리 범죄조직의 일원이라고 해도 적어도 어린아이는 건들지 않는다고요. 그건 결코 해서는 안 될 짓이에요."

"그래. 카르밀라는 죽어 마땅하다."

칭후도 자오웨의 말에 적극적으로 찬성했다. 만약 상황만 아니었더라면 당장 카르밀라를 찾아가도 남을 기세다.

"전면전에서 부디 사이좋게 공멸했으면 좋겠어."

그간 두 조직에게 감시를 받아오고 추적을 피해서 도망자 생활을 했던 알렉산드라가 질린 어조로 말했다.

"호아킨과 율리아가 없으니, 전력으로는 언컨쿼러블이 더 유리하지 않습니까?"

백고천이 살짝 걱정하는 어조로 물었다.

"아니, 너도 알다시피 언컨쿼러블 그 호구 집단이 돈을 쓸데없는 곳에 소비해서 전투력이 크게 대단하지는 않아."

"허나 아직 밝혀지지 않은 멤버도 있으니, 그 사람까지 합하면 아무리 디스페어라도 무리가 아닙니까?"

언컨쿼러블은 다섯인데다가 중독됐던 마를린조차도 건재하다. 그에 반면 데스페어는 최고 전력이었던 호아킨을 스스로 함정에 빠뜨려서 살해했고, 율리아도 사망했다.

아무리 디스페어라곤 해도 다섯을 상대로 셋이 싸우는 건 좀 힘들지 않을까 싶었다.

상대가 신규 고객도 아니고, 명색의 숙적이 아닌가?

"카르밀라가 흡혈귀라고 불리는 건, 피를 마신다거나 하는 등의 행동 때문만이 아니야."

"그렇다면 그녀가 전설 속에 나오는 흡혈귀처럼 안개나 박쥐로 변한다거나, 뭐 그런다는 겁니까?"

"그것만이라면 다행이지. 흡혈한 대상에 한해서 권속으로 만드는 능력을 소유하고 있으니까 문제지."

"잠깐, 그럼 저희도 위험한 게 아닙니까?"

"아니, 다행히도 앱스토어의 고객에겐 통용되지 않아. 만약 그랬다면 진작에 고객들은 그녀의 밑에 있었을 거야."

"휴우. 그것참 다행이군요."

백고천이 안도의 한숨을 내쉬었다.

"어쨌거나, 권속귀(眷屬鬼)가 얼마나 있는지는 모르겠지만 그들도 전면전에 참여해서 언컨쿼러블을 귀찮게 할 거야. 재생능력과 괴력을 지니고, 지원에 나선다면 꽤나 성가시겠지. 알렉산드라만 해도 레드 마피아를 그렇게 쓰고 있으니까."

어떻게 보면 알렉산드라의 능력에 상위 호환이기도 했다.

알렉산드라만큼 즉효성은 발휘하진 않지만, 흡혈을 해서 권속화 시키면 전투력이 뛰어난 노예를 얻을 수 있다.

그렇다면 카르밀라의 흡혈귀 부대는 적어도 고객 한 명 정도는 능히 상대할 수 있을 터.

"악의 조직을 결코 얕봐선 안 돼. 우리가 괜히 이렇게 머리를 굴려가면서 개짓을 하는 게 아니니까."

비록 흑막의 위치에 있으나, 약간 유리한 정도일 뿐이다. 지우의 동맹이 결코 강한 것이 아니다.

상대는 오랫동안 부를 축적했을뿐더러, 현존하는 고객 중에서 제일 경험이 많은 자들이다.

율리아의 기억을 통해서 얻은 전력만 해도 입이 절로 떡 벌어질 정도, 조심하고 또 조심해야만 했다.

"그 외에도 카르밀라의 권속 부대는 요한처럼 민간군사기업, PMC(Private Military Company)도 따로 고용해서 쓰는 모양이니까 여러모로 참조하도록 해."

"권속들을 꽤나 사랑하고 있는 모양이군요?"

자오웨가 흐응, 하고 심드렁한 얼굴로 중얼거렸다.

"움직이지 않아도 알아서 제물들을 제대로 구해 와서 그렇습니다. 그리고 권속을 만들려면 피를 상당 부분 나눠주는 것 때문에 그런지, 아까워하는 눈치고요."

"잘 알고 계시네요?"

"제가 아니라 율리아가 잘 아는 겁니다. 디스페어에 여자가 없다 보니 둘이서 제법 어울려 다녔더군요."

어쩌면 요한이나 로베르토가 아니라, 율리아부터 처리해서 기억을 흡수한 것이 좋은 선택이었는지 모른다.

디스페어에서 율리아 다음으로 일순위로 알았어야 할 대상, 절망의 수장에 대해 자세히 알 수 있었으니 말이다.

"율리아에게 얻은 정보는 이 정도입니다. 앞으로 할 일은 전면전을 주시하는 것 정도죠. 아, 요한이 사망하게 되면 그 재산이나 마약 유통은 저에게 물을 필요도 없이 알아서 처리하세요."

어차피 자신 몫은 죄다 포기했으니 별 관심도 없었다.

"아 참, 그리고 이번 대리 판매 수고비로는 100만 달러로 퉁칠까 하는데…… 어떻습니까?"

"설마 두 사람 합해서 100만 달러는 아니겠죠?"

"200만 달러로 합의하도록 하죠. 이봐, 알렉산드라 너도 딱히 가격에 이의 없지?"

"상관없어."

총 5,500만 달러를 벌었는데 200만 달러를 수고비로 챙겨 주는 건 결코 작지 않다. 비록 소유자의 명성도 그렇고 가격도 가격인지라 장물로 넘기기 좀 귀찮긴 하지만, 또 그렇게까지 힘든 것은 아니었다.

200만 달러만 해도 한화로 23억하고도 1,300만 원 정도다. 자오웨 입장에선 나쁘지 않은 용돈(?)벌이었다.

"당연히 지불은 현금으로 받으셨겠죠?"

"물론이죠. 알렉산드라와 반으로 나눈 2,650만 달러, 어떻게 입금해 드릴까요?"

한화로 계산해 보면 약 306억 4,725만 원가량이 나온다.

달러로 들어도 대단했지만, 이렇게 한화로 계산해 보니 더더욱 입이 떡 벌어지는 수준의 금액이었다.

백고천에게는 몫이 돌아가지 않았다. 네덜란드 마약 수익을 포기하지 않았기 때문이었다.

"돈 세탁 전문이시죠? 수고비 더 얹어드릴 테니까 알아서 처리해 줘서 넣어주세요."

"사람 부려먹으려는 게 마음에 들지는 않지만, 그래도 당신은 수고비 두둑하게 얹혀주니 마음 넓은 제가 참아야죠."

자오웨 특유의 뒤틀린 심보와 배배 꼬인 어조가 들려왔지만, 깔끔하게 무시하고 자리에서 일어났다.

“그럼 오늘 회의는 이걸로 끝내도록 하겠습니다. 향후 무슨 일이 있다면 연락해 주십시오.”

*　*　*

“헉, 허억……!”

김경수는 숨을 가쁘게 내쉬면서 두 다리에 힘을 전력으로 주면서 힘껏 뛰었다. 귀신이라도 쫓아오는 걸까, 달리던 도중 뒤를 몇 번이나 확인하면서 달리고 또 달렸다.

“야, 나 같은 사람이 인적이 드문 곳으로 가면 뭔가 이상하다는 걸 느껴야하지 않냐?”

“으아아악!”

방향을 꺾으려고 하자마자, 갑작스레 튀어나온 청년을 본 김경수는 기겁하면서 뒤로 벌러덩 넘어졌다.

“히, 히이익!”

김경수는 반대 방향으로 도망치기 위해 자리에서 일어났으나, 얼마 가지 않고 멈춰 서야만 했다.

반대편에 잿빛을 띠는 장신의 미녀, 그것도 외국인이 무심한 얼굴로 서 있었기 때문이었다.

"입 다물어."

장신의 미녀, 알렉산드라의 명령에 김경수는 입을 꾹 다물고 몸을 덜덜 떨어댔다.

살려달라고 외치려고 했으나, 어떻게 된 영문인지 입에 접착제라도 붙인 듯 움직이지 않았다.

김경수는 혼란에 가득 찬 얼굴로 어찌할 줄 모르고 제자리에 주저앉아 턱 뼈를 부딪치면서 '딱딱' 소리를 냈다.

"이놈이 얼마 전부터 날 쫓아다니던 놈이야. 조사해 줘."

"그래."

알렉산드라가 동맹원의 요청대로 김경수에게 신상 정보와, 또 지우를 왜 따라다녔는지 물었다.

"그건……."

김경수는 숨겨야 할 비밀이란 것도 잊은 채, 자기도 모르게 지우와 알렉산드라 앞에서 주구절절 사연을 얘기했다.

머릿속에 의문은 들지 않았다. 당연히 대답해 줘야 하는 것처럼 기억을 짚어가며 친절하게 설명했다.

"하, 자성무역?"

전혀 생각지도 못한 답변에 어이없는 표정이 절로 나왔다. 그 모습에 알렉산드라가 피식 웃었다.

“최악의 상황은 아니니 상관없잖아. 난 또 언컨쿼러블이나 디스페어가 널 눈치챈 줄 알았지.”

“만약 그랬다면 우린 진작에 당했어. 그럴 경우는 아니라고 말했잖아. 아니, 애초에 그게 문제가 아니지…….”

솔직히 그동안 겪은 일이나, 직면해 둔 일이 워낙 무겁고 많은지라 자성에 대한 생각은 아무도 없었다.

지우가 베를린에게 돌아올 일만 기다리고 있던 이재창이 들었다면 뒷목을 붙잡을 만한 일이었다.

“하, 씨발. 진짜 가지가지 하네.”

험악한 욕설이 절로 튀어나왔다.

그렇지 않아도 일이 많아서 머리 아파 죽겠는데, 별 같잖은 놈들이 이빨을 드러내니 화가 났다.

김경수는 이재창의 측근 중 한 명으로, 지우가 베를린에서 돌아오면 감시해서 약점으로 삼을 만한 것을 잡아내라는 명령을 받고 움직였다고 친절하게 가르쳐줬다.

저번에 여동생의 일로 이재웅에게 이재창의 이름을 들은 적이 있기 때문에, 사주자의 정체를 듣고 누군지 단번에 알 수 있었다.

“알렉산드라, 날 감시했지만 별다른 성과가 없다고 계속해서 보고하도록 정신을 조작해놔. 그리고 내 일에 의문을 갖지 않도록 의심도 지워두고, 또 오늘 일어난 일에 대해선…… 말 안 해도 알지?”

“너보다 잘 아니까 걱정하지 마.”

알렉산드라가 익숙한 듯 김경수의 기억을 조작하고, 몇 가지 명령을 내려서 보냈다.

대상이 덕을 쌓은 고승 등 정신력이 남들보다 뛰어나지 않는 이상 그다지 어려울 것이 없었다.

두 사람은 감시카메라도 설치되어 있지 않고, 빈가가 가득한 달동네를 내려오면서 이야기를 나눴다.

“자성이라면…… 중공업으로 이름난 한국의 대기업이지?”

“호, 잘 알고 있네.”

“동맹원이 속한 나라에 대해선 잘 알고 있어야 하니까.”

알렉산드라는 더 이상 앱스토어를 이용할 수도 없으며, 또 물리적인 능력 또한 발휘할 수 없으니 다른 방법으로 앱스토어의 고객을 상대할 수 있도록 강해져야만 했다.

또한 언컨쿼러블과 디스페어에게서 도주하기 위해 전 세계 곳곳에 정보통과 은신처를 만들어왔다.

타국에 들리면 제일 먼저 하는 게 정보 단체의 창설과 은신처를 확보하는 것이지만, 한국에선 동맹원인 지우가 알아서 처리해 주니 그럴 필요는 없었다.

"Hey, 누님. 키가 굉장히 크네. 혹시 모델이야?"

달동네의 언덕을 내려가고 있을 때, 골목 사이에서 양아치로 보이는 일련의 무리가 나타났다. 아무래도 이 주변 치안이 영 좋지만은 않은 모양이었다.

"그 옆에 있는 쭉정이는 내버려두고 우리랑 놀자."

"Can you speak Korean?"

지우와 알렉산드라는 양아치들의 등장에도 눈 하나 돌리지 않고 그대로 그들을 지나치면서 이야기를 계속했다.

"그런데 자성에서 왜 널 노리지?"

"아, 그건……."

숨길 것도 아니라서 알렉산드라에게 그대로 얘기해 주려고 했으나, 말이 도중에 끊겼다.

"귓구멍이 막혔냐?"

"옷 입은 거 보니까 좀 잘사는 도련님인 모양인데, 혼나고 싶지 않으면 여자 두고 얌전히 꺼져라."

양아치들은 자신들이 무시 받은 것에 상당히 열이 받은 듯, 험악한 얼굴을 지으면서 두 사람의 앞을 막았다.

"쯧. 베를린에서도 겪었지만, 우리 동맹은 외모 하향할 필요성이 있어. 자꾸 이렇게 귀찮은 일에 말려들잖아."

"면전에서 이렇게 칭찬해 주니 기분은 나쁘지 않은걸."

알렉산드라가 주머니에서 초코파이를 꺼내 포장지를 뜯었다.

"그렇지만 너무 과했어. 아무리 칭찬은 고래도 춤추게 만든다고 하지만, 나 같은 아줌마를 누가 좋아하겠어?"

"농담이지?"

확실히 외양의 연령만 따져보면 이십 대 후반, 아니면 삼십 대 초반이긴 하다. 아줌마라는 말에 민감할 정도는 될 것 같긴 하지만, 그렇다고 신경 쓸 수준은 아니다.

애초에 알렉산드라의 미모는 자타공인이라 칭해도 부족하지 않을 정도로 상당하다. 설사 나이가 좀 있다고 해도 마다할 정도로의 사람이 아니다.

헌데 정작 그 장본인이 자신감 없는 모습으로 자기 자신을 폄하하니, 지우 입장에선 어이가 없었다.

"아마도 내가 아니라, 네 지갑을 노린 게 아닐까 싶은데."

"있잖아, 너 말이지……."

"이 새끼가, 지금 우리를 대체 뭐로 보는 거야!"

양아치 중 한 명은 자신들이 깨끗하게 무시당한 걸 보고 화가 났는지, 벌겋게 달아오른 안색으로 덤벼들었다.

쐐애액!

입만 나불대는 놈은 아니었는지 매서운 주먹이 바람을

가르면서 날아왔다. 정확히 오른쪽 뺨을 노렸다.

이에 지우는 볼 것도 없다는 듯이 귀찮다는 듯 손을 휘저어 날아오는 주먹을 쳐냈다.

"끄아아악!"

허나 그 손에 실린 괴력은 정상이 아니었다. 파리를 쫓아내듯이 휘두른 손에 의하여 양아치의 손목이 부러졌다.

"다치기 싫으면 가라. 한 번은 봐준다."

"이 새끼가—!"

양아치들이 불같이 화내면서 한꺼번에 덤벼들었다.

알렉산드라가 목소리를 내려고 했으나, 지우가 손으로 제지하자 나서지 않고 뒤로 물러났다.

양아치의 숫자는 세 명, 식후 운동도 되지 않는다.

"죽엇!"

노란머리 양아치가 복싱을 배운 듯, 라이트 훅을 날렸으나 그다지 소용은 없었다.

주머니에 손을 찔러 넣은 지우가 몸을 살짝 비트는 것만으로 주먹을 가볍게 피해 낸 뒤, 노란머리 양아치의 발목을 걸어서 쓰러뜨렸다.

"이익, 이 개새……."

"하나."

주저하지 않으면서 발을 아래로 내리꽂는다. 그 장소는 양아치의 팔뚝 위였다.

콰지직!

"꺽!"

팔뚝이 희생 불가능할 정도로 뭉개지자, 노란머리는 그 고통에 참지 못하고 눈을 까뒤집으면서 기절했다.

"둘."

그다음은 피어싱을 한 양아치였다. 노란머리가 어이없이 당하자 피어싱이 주춤거렸고, 지우는 그 틈을 노려 손을 번개같이 출수하여 피어싱의 멱살을 쥐어 잡았다.

"컥!"

피어싱이 외마디 비명을 흘리면서 발버둥치려 했으나, 부질없는 행동이었다.

"한 번은 봐주지만 두 번은 없다."

눈을 껌뻑이자 피어싱의 모습이 사라졌다가, 근처의 상공에서 나타나 콘크리트 바닥으로 떨어졌다.

"끄아아아……!"

척추에서 느껴지는 끔찍한 고통에 피어싱이 비명을 흘리면서 괴로워했다.

"히, 히이익!"

나머지 양아치가 그 모습을 보고 지레 겁먹으면서 몸을 돌렸다. 무슨 일이 벌어진 것인지는 머리로 이해할 수 없었지만, 한시라도 빨리 이곳에서 벗어나야만 했다.

"말했잖아, 안 봐준다고."

빠지지직!

시퍼런 스파크가 순간적으로 튀더니만, 이윽고 쓰러진 양아치의 주머니에 있던 차 키가 빙글 떠올랐다.

지우는 도망치는 양아치의 뒷모습을 뚫어지게 쳐다보면서 전자기파, 자기장을 조종하여 차 키를 총알처럼 쏘았다.

"아아악!"

등 한복판에 차 키가 꽂힌 양아치가 비명을 흘리면서 언덕 아래를 데굴데굴 굴러갔다.

"……정지우, 손속이 많이 과해졌어."

"과하다니, 천만의 말씀. 애초에 날 때려눕히고 널 어떻게든 데려가려고 했던 쓰레기들이야."

지우가 마음에 안 드는 듯 눈매를 좁혔다.

"그리고 너에게 정신이 파괴되는 것보단 나을걸?"

"하하."

*　*　*

"있잖아, 그거 들었어?"

"뭘?"

"로드의 정지우 대표 이사 말이야, 학창 시절 때부터 커뮤니케이션에 문제가 많았다고 해. 고등학교부터 대학교까지 소문난 아웃사이더라는데?"

"그래?"

정지우의 관한 소문에 흘렀다. 그 출처가 어딘지는 알 수 없었다.

근거 없는 소문이나, 도시전설처럼 정지우에 대한 이야기가 갑작스레 나타나서 인터넷 상에서 떠돌았다.

좋은 얘기는 없었다. 대부분이 악소문이었다.

"이건 아는 사람이 말해 준 건데, 정지우는 학창 시절 때부터 주변 사람들을 막 무시하고 다녔다고 하더라."

"내가 듣기론 학교에선 온갖 잘난 척했다고 하던데?"

"뒤에서 돈으로 일진들을 부렸다는 이야기도 있어."

"그거 나도 알아. 마음에 안 드는 애를 지목해서 왕따시켰다고 들었어."

"아웃사이더였던 건 눈에 안 띄려고 일부러 연기한 거고, 사실은 뒤에서 일진들을 조종했다더라."

일명 '카더라' 라고 불리는 말이 있다.

누가 말했는지 정확한 출처를 알 수 없고, 신빙성이 없는 뜬소문에 불과하지만 그 소문이 퍼지는 속도는 독보적이라 할 정도로 빠르며 또 범위 또한 넓다.

그리고 이 카더라 통신에 정지우에 관해서 잘못된 소문이 퍼지기 시작했다.

인터넷이나 소셜 네트워크 서비스 등에서 시작된 이 루머는 눈 깜짝할 사이에 대한민국 전체에 퍼졌다.

"정지우 흑막설이라, 어떤 의미론 맞는 말이지."

이 기사를 본 알렉산드라가 감상평을 내놓았다.

"이건 또 뭐야?"

그렇지 않아도 김경수와의 만남 때문에 여러모로 기분이 좋지 않았던 지우는 발등에 떨어진 불똥에 짜증을 냈다.

"최근에는 룸살롱에서 여자를 끼고……."

"세이렌 소속 아이돌들은 대표 이사에 대해서 잘 모른다는 건 정지우가 무섭기 때문이라잖아."

아웃사이더로 시작했던 악소문은, 이윽고 눈덩이처럼 불어나면서 터무니없는 이야기까지 지어냈다.

— 최근 한 온라인 커뮤니티 사이트에서 화제인…….

결국 언론이나 방송 등에서도 보도되기 시작했다.

원래라면 지우에게 약점을 잡힌 방송계 거물들 덕분에 웬만한 일을 숨길 수 있었지만, 이번처럼 여론이 움직일 때는 어떻게 할 수가 없었다.

특히 여타 부자들처럼 돈으로 언론이나 연예계 등을 조종하고 있다, 라는 음모론이 퍼지고 있는 이상 언론에서 자신을 다루지 않는다면 여론은 더욱 악화될지도 모른다.

지우는 포춘텔러 사건에서 도움을 받은 권수호 변호사를 포함하여 임원 회의를 열어 대책을 강구했다.

— 로드 기업, 정지우 대표 이사 루머에 대한 입장 발표.

— 세이렌, 정지우 대표 이사 악성루머에 "사실무근"

— 정지우, SNS 루머 "적극 대응할 것."

— 이영운 COO 악플러 고소, "선처는 없을 것"

세이렌의 주식이 눈에 띄게 떨어졌다. 그러나 주주라곤 지우와 박영만밖에 없었던 덕분에, 주주회의가 열리는 등의 불상사는 피할 수 있었다.

박영만은 그다지 동요한 모습을 보이지 않았다.

연예계에서 루머는 자주 일어난 일인지라 이런 일에는 익숙하다는 답변을 받았다.

COO인 이영운은 박영만, 권수호 변호사와 함께 법무팀을 움직여 이번 일에 대응하겠다고 답했다.

세 명 다 그렇게까지 별 대단한 일은 아니니 걱정하지 말라며 답해 줬다.

역시 유능한 인재를 아래로 두니 여러모로 편했다.

이때까지만 해도 지우는 단순한 우연이라고 생각했다.

이번에 악성 루머의 전파력과 그 논란이 제법 크긴 했지만, 양로원으로 쌓아 둔 이미지 덕분에 이런 악소문이나 헛소문은 오래가지 않고 사라졌다.

지우와 로드의 손을 들어주는 언론 역시도 그에 대한 논란이 나오면 보도는 하지만, 편집을 하거나 혹은 제재를 가해서 나쁜 면은 보도하지 않게 손을 써두었다.

기업인이 많은 돈과 언론을 손에 넣으면, 얼마나 유리하고 강력한지 알 수 있는 사실이었다.

"대, 대표님!"

그러나 얼마 지나지 않아 새로운 소식이 들어오자 단순히 우연으로 취급할 수 없다는 걸 깨달았다.

"야, 이제 절대로 로드 카페 가지 마. 위생상태도 그렇고, 원두도 그렇고 하나같이 쓰레기라는데?"

"그걸 어디서 들었는데?"

"아, 몰라. 어쨌든 쓰레기니까 절대 가지 마."

"나도 그거 듣고 어이없었어."

"결국 로드도 여타 기업들과 별 다를 것 없었어. 로드 버거에서 일한 아르바이트생의 말에 의하면, 주방 상태도 최악이라고 하더라. 절대 가지 마."

설상가상으로 아직 지우 본인에 대한 루머를 처리하기도 전에, 추가타로 버거와 카페에 대한 악성 루머도 생겨났다.

특히 이번 사태는 주식이 떨어지는 것만으로 끝나지 않았다. 이 소란이 터진 직후 카페와 버거를 찾는 손님의 숫자가 눈에 띄는 속도로 줄기 시작한 것이다.

"대표님, 체인점 점주들의 항의가 잇따르고 있습니다."

최고재정책임자, 김제경의 보고에 지우의 얼굴이 사납게 일그러졌다. 다른 건 몰라도 수익이 줄어드는 것만큼은 눈뜨고 보고 있을 수 없었다.

"이재창, 이 새끼……."

이건 결코 우연 따위가 아니다.

누군가, 아니 어떤 기업이 자신에게 악감정을 갖고 기업을 공격하는 것이 뻔했다.

한때 햄버거나 카페 등 대형 프랜차이즈 기업과 투닥인 것이 떠오르긴 했지만, 그들보단 이재창이 먼저 생각났다.

물증은 없고 심증뿐이긴 했지만, 얼마 전 김경수의 만남을 생각하면 이 사태의 범인이 누군지는 뻔했다.

"하하하하!"

그리고 지우의 생각대로, 범인은 이재창이 맞았다.

이재창은 지우가 독일 베를린으로 떠났을 때부터, 복수를 위해서 미리 수많은 준비를 해 두었다.

회사의 직원들을 이용해서 정지우와 로드에 대한 악소문을 준비해 두었고 한꺼번에 공격했다.

결과는 성공적, 로드가 눈에 띄게 손실을 입고 있다는 것을 듣고 입이 귀에 걸렸다.

"이걸로 끝날 것이라고 생각하진 말아라. 아직 시작에 불과하니까."

이런 헛소문이야, 아직 장난에 불과하다. 대기업끼리 붙을 때 경쟁 상대측에 대한 루머 공격은 일상이다.

"으드득! 내 기필코 네놈을 내 앞에 무릎 꿇게 만든 다음 반병신을 만들어 주지."

아들이 반병신이 됐다. 이걸로 넘어갈 생각은 털끝만큼도 없었다. 그 증거로, 이재창의 공격은 계속해서 이어졌다.

이번 루머로 인해 식품의약품 안전처, 일명 식약처에서 감사를 나와서 조사를 했지만 별 문제가 될 것은 없었다.

애초에 예전에만 해도 마약이나 다름없는 중독성 등으로 의심을 받았던 로드의 카페와 버거다.

이미 감사는 몇 번이나 받았으며, 별 문제가 없다고 통과됐다.

마법의 커피 머신이야 원료는 원래부터 정상적인 것을 썼으니 상관없었고, 매직 익스펠러로 만든 기름 역시 앱스토어에서 손을 쓴 덕분에 현대 과학으로 그 진정한 정체에 대해서 밝혀낼 수는 없었다.

평범한 기름으로 눈을 속여서 손쉽게 넘어갈 수 있었다.

다만 이런 검증을 받고도, 오해를 풀어서 다시 원래의 수익을 되찾으려면 제법 시간이 걸릴 것이다.

"인간들의 방문이 제법 줄어든 것 같지 않아?"

"드디어 인류가 줄기 시작했구나."

"카페가 폐업만 하지 않으면 우리에겐 상관없는 일이지."

여담이지만 요정들이 무척 기뻐했다. 여전히 손님들을 상대하는 것이 여러모로 마음에 안 들었던 모양이다.

그야말로 악성 루머가 퍼지고도 남을 만한 태도!

"……."

로드 본사 최상층

이사실 안에서는 정적만이 감돌았다. 그 정적을 깬 것은 이사가 아니라, 방문객이었다.

"저, 지우 씨…… 괜찮으세요?"

한소라가 지우를 걱정스레 쳐다보며 안부를 물었다.

"의외로 괜찮습니다. 그런데 무슨 일이신가요?"

지우가 어색하게 웃으면서 물었다.

"그, 저 정도 자리에 있다 보면…… 자성에 대한 별의별 이야기가 들어와요."

"그렇게 신경 안 써 주셔도 되는데, 감사합니다."

말은 그래도 지우가 반색하면서 좋아했다.

리즈 스멜트의 부사장 후보인 한소라의 도움이 있다면 이번 일을 좀 더 수월하게 해결할 수 있을지도 모른다.

또한 이재창의 공격을 미리 막을 수도 있었다.

"일단…… 진정하고 들어주세요."

한소라가 무언가가 마음에 걸리는 얼굴로 말을 꺼냈다.

"예?"

"지우 씨의 아버님에 대해서예요."

지우의 아버지가 다니는 회사는 중소기업 제조기업이자, 납품업체이다. 아버지가 주로 하는 건 타사를 찾아가서 자사의 제품을 사용해 달라고 영업하는 일이다.

그런데 최근, 지우의 아버지가 다니는 회사에 문제가 생겼다. 계약을 맺은 회사들이 어째서인지 속속히 계약을 끊으면서 납품을 거부하게 된 것이다.

제조업을 필두로 한 회사에서 납품을 할 수 없게 된다면, 그것도 중소기업의 경우 그 손실은 어마어마하다.

갈 곳을 잃은 제품들이 갈 곳을 잃어서 재고는 쌓이게 될 것이고, 결국 그 끝은 파산일 터.

다행히 아직 일방적으로 계약을 해지하고 얼마 지나지 않았는지라 아버지의 회사는 아직 멀쩡했다.

그러나 회사의 운명이 걸린 문제인지라 조금 있으면 큰 문제가 벌어질 것이다.

이에 지우의 아버지는 급하게 클라이언트들에게 찾아가서 사정을 물었지만, 대부분 하나같이 만남을 거부한다면서 피한다고 한다.

"아버님의 회사의 거래 상대들은 대부분 자성과 관련이 있었는지라 아무래도……."

"그렇습니까……."

두근. 두근.

심장이 거세게 뛰기 시작했다.

속에선 어떠한 감정이 마구 날뛰기 시작했으나, 한소라는 이를 눈치채지 못하고 가만히 지켜보다가 걱정했다.

"괜찮으신가요?"

"네, 전 괜찮습니다. 그리고 이 소식을 저에게 바로 전해 주셔서 정말 감사드립니다. 큰 도움이 됐어요."

지우는 자리에서 일어나 한소라의 어깨를 토닥이면서 생긋 웃어줬다.

"일단은 아버지가 괜찮으신지 제가 확인해 봐야겠네요. 이렇게 소식을 전해 주신 것은 감사하지만, 죄송하게도 제가 바쁜 나머지 지금은 제대로 감사인사를 할 수 없을 것 같네요. 괜찮다면 나중에 해도 괜찮을까요?"

"아, 네. 그건 상관없어요. 하지만 지우 씨, 정말로 괜찮으시……."

"괜찮아요."

지우가 한소라의 말을 도중에 끊었다.

"……."

"전, 괜찮습니다."

지우는 한소라와 눈을 똑바로 마주 보면서 재차 말했다.

"……네."

한소라는 여전히 아직 할 말이 남은 얼굴이었으나, 그 이상 뭐라 말 하지 못하고 머리를 주억거렸다.

"그럼 나중에……뵐게요."

"네, 또 나중에 뵙겠습니다."

한소라는 미련이 남은 눈으로 지우를 한 차례 쳐다본 뒤에 몸을 돌려서 이사실 문을 열고 나갔다.

쿵.

문이 다시 닫히고, 지우는 한참을 문을 쳐다보다가 이사실 책상 앞에 앉아서 등받이에 몸을 기댔다.

"하."

웃음이 튀어나왔다.

"하하하!"

완벽하게 한 방 먹었다.

그동안 큰 착각을 하고 있었다.

앱스토어의 고객들을 포함하여, 언컨쿼러블이나 디스페어가 아닌 이상 적수가 아니라고 생각했다.

신경 쓸 수준도 아니라고. 별거 아니라고.

결코 피해를 입힐 수 없을 것이라고.

그렇게, 자만해 버렸다.

"하하하하하!"

생각이 너무 짧았다.

보복을 하려면 제대로, 확실하게 끝냈어야 한다. 자신이 너무 안일했다. 지우는 그 점을 후회하고 반성했다.

공격하려면, 뒤탈 없이 확실하게 끝내야만했다.

이재웅을 반병신으로 만들었을 때, 그대로 자성의 모든 걸 이재웅처럼 파멸시켜야만했다.

"크하하하하하!"

그래서 그렇게 행동하기로 마음먹었다.

〈다음 권에 계속〉

DREAMBOOKS★

DREAMBOOKS★